雅众
elegance

智性阅读
诗意创造

一个拣鲨鱼牙齿的男人

胡续冬诗选

胡续冬 著

北京联合出版公司

雅众文化 出品

目 录

第一辑

- 3 花蹦蹦
- 5 埃库勒斯塔
- 8 花灵灵
- 9 七年
- 12 天机
- 14 清晨的荣耀
- 16 自行车与栅栏之歌
- 17 Bella Ciao
- 19 小小少年
- 21 里德凯尔克
- 23 片片诗
- 25 京沪高铁
- 27 娃娃音
- 29 终身卧底
- 31 格陵兰
- 34 江畔
- 36 一个有九扇窗户的男人

- 38 一个跟海鸟厮混的男人
- 40 一个拣鲨鱼牙齿的男人
- 42 一个在海滩上朗诵的男人
- 44 一个路遇火烧云的男人
- 46 一个离开玛纳索塔岛的男人
- 48 白猫脱脱迷失
- 50 安娜·保拉大妈也写诗
- 52 日历之力
- 54 一个雷劈下来
- 56 爱在瘟疫蔓延时
- 58 风之乳
- 60 成人玩具店
- 62 太太留客

第二辑

- 67 壁虎
- 68 赠别何青鹏
- 69 如何举办一场云婚
- 71 六周年的六行诗：给马雁
- 72 淇水湾
- 74 绿豆冰棍
- 75 木棉花
- 77 酒店之夜
- 78 回乡偶书
- 80 笑笑机
- 82 2011年1月1日，给马雁

84　二崁船香

86　空椅子

87　纸袋猫

88　我吃到一片发苦的云

89　蟹壳黄

91　感谢信

93　紫荆花

95　杜鹃

97　沙尘暴

98　北海岸

100　湾湾御姐

101　车过宜兰

103　希腊妹

105　夜宿桃米坑

107　像

109　临别

110　五周年的五行诗

111　秘密

112　圣火车站

113　木棉

115　狗

117　麻雀

119　蝗虫

121　花栗鼠

123　蛐蛐

125　松鼠

- 127 七层纱之舞
- 129 小猫("给刘、范")
- 131 小猫("给徐曦")
- 133 小猫("给小鸭")
- 135 小猫("给张扬")
- 137 里弄
- 139 掏耳朵
- 141 阿克黄
- 143 雨
- 145 一席谈
- 146 停电的雨夜
- 148 中关村
- 150 大航海时代
- 152 一个字
- 154 晨起作
- 155 犰狳
- 157 那些夏天,宁静的地名
- 159 小别
- 161 合群路
- 163 门
- 165 克莱斯波俱乐部
- 167 云
- 169 季候三章
- 171 北翼
- 173 科利纳
- 175 圣若热

- 176 阿尔波阿多尔
- 177 圣特雷莎
- 178 戈亚斯韦柳
- 179 比利纳波利斯
- 180 索布拉迪尼奥

第三辑

- 183 题翟永明的照片一帧
- 184 忆蒋浩君
- 186 梦见桥和康赫
- 188 双飞
- 190 新年
- 192 战争
- 194 打嗝
- 196 偷吻
- 198 海魂衫
- 200 我曾想剁掉右手以戒烟
- 202 丢失的电子邮件
- 204 北极圈的恋人
- 205 镜中
- 206 闻香识女人
- 207 起夜
- 209 他渴
- 211 云是怎样疯掉的
- 213 在坝上草原
- 215 致性格的阴暗面

- 218 川菜馆
- 220 想钱剂
- 222 蜗牛
- 224 祖先
- 226 附件炎
- 228 桃峪口水库
- 230 月坛北街观雪
- 233 水边书
- 235 保罗和弗兰切斯卡
- 237 校园故事
- 239 为一个河南民工而作的忏悔书

不算后记的后记 243

第一辑

花蹦蹦

———给刀刀

今天下午,一只小昆虫
爬到了你们班来来的胳膊上:
黑色,满是小白点,长长的细腿。
来来尖叫了起来,小朋友们拥过来
帮她把虫子掸到了地上。
一些小朋友说是大蚊子,另一些说是
跳蚤,他们都认为它会咬人
决定乱脚踩死它。
　　　　只有你
从小跟着我认花识虫的
小小博物学家,三岁时就认得
它是斑衣蜡蝉小龄若虫,俗称
花蹦蹦,只吸树汁,不咬人。
你告诉小朋友们它是对人无害的花蹦蹦,
你试图阻止他们疯狂的踩踏,但
没有人相信你。个别人只知道
斑衣蜡蝉的大龄若虫是红黑相间
不认得它小龄的形态,更加指责你
胡说八道。没有人理会你。

小朋友们继续嘉年华一般地踩踏着花蹦蹦。
你在旁边哭着,一遍一遍地高喊:
"它很可爱!它不会咬人的!"
花蹦蹦被踩得稀巴烂的那一刻,
你突然失控了,跺着脚,发出
刺耳的尖叫,用尽全力嘶吼着说:
"它也是有生命的呀!"然后
你哭着扑向所有人,
手抓,脚踢,怒目相向,
被老师摁住了很久都不能平静。
老师向我讲述这件事时,重点是
让我教你如何控制情绪。
我听到的却是你被迫成长时
幼小的骨头里传出的愤怒的声响:
女儿,这或许是你第一次体会到
什么是群氓的碾压和学识的孤绝,
什么是百无一用的热血,
尽管我真希望你一辈子
都对此毫无察觉。

2018/06

埃库勒斯塔

1
埃库勒斯塔,公元二世纪
罗马人在西班牙拉科鲁尼亚的海边
留下来的灯塔,是另一片
闭锁在石头里的海。在塔里
能听见海水的手掌击打着
石块的内壁,你附耳过去,
就会有一小滴被囚禁的海
挣脱了物理学的诅咒,溅到
你的眼中。当你登上塔顶,看见
腋下夹着大半个天空的大西洋
从远处呼啸而来,丝毫感觉不到
你眼中有细小的急切之物
纵身跳进了塔下的巨浪。
你或许能听见石头深处传来
海水的鼓掌声,像一群狱中志士
在庆贺又一滴狱友重返骄傲的蓝。

2

我登上埃库勒斯塔是在
十月里一个稀松平常的日子。
城市、原野、礁石
在大海面前相互推搡,轻易地
把视野让给了一个巨型的远方。
塔顶有三三两两的白人观光客,
我能从他们对远方的赞叹里
识别出法语、德语和波兰语。
然后我注意到了站在护栏尽头的
那个孤零零的老人。

                    他一直在哭。

对着远方,张开嘴,闭着眼哭。
他努力不弄出任何声响,肩背颤动得
像暴风中一副快要散架的农具。
他长着一副东亚面孔,衣着
不似任何一类观光客。我小心翼翼地
用汉语问他是不是中国人,
他点了点头,试图用磨损的衣角
擦去满脸的泪水。我递给他一张纸巾,
慢慢问起他为何独自在这里、
在这个中国游客罕至的地方默默哭泣。
语言不通受了委屈?跟丢了旅行团?

他感激了我的善意,但并没有
替我解谜,只是告诉我,他来自
河南南阳,这是他第一次离开他的村庄。
突然间,我想起:埃库勒斯塔就在
去往圣地亚哥的朝圣之路上。
我问他:"您是天主教徒,
要徒步去圣地亚哥?"
他那双哭红了的眼睛骤然一亮,
想要说话,却又犹豫了一下,手画十字
朝我礼貌地笑了笑,而后踉踉跄跄地
走下了楼梯。我站在他刚才站过的地方
想看看他到底看到了什么:
那巨型的远方会幻化出怎样的悲伤?
我看见腋下夹着全部天空的大西洋
从海平线呼啸而来,我猛然感觉到
眼中有海量的急切之物
想要纵身加入塔下无边而骄傲的蓝。

2017/10—2018/01

花灵灵
——给慌慌

这所大学把"谢谢"二字变成了一对耳朵，
这所大学的迟疑因毕业而骤亮成眼睛或者中子星，
这所大学抖了抖白毛上层层覆盖的手形时光，
这所大学尾巴高耸，如同笔直得堪忧的情义，
这所大学脚步轻巧，朝着暮色中的东门一路小跑，
这所大学要去搭乘地铁追赶你，成为你的行李。
这所大学会一直在你身边寻找那只名叫花灵灵的大学。

　　　　　　2018/07/13　写于徒儿慌慌的毕业离校日

七年

七年前的 12 月 31 号,坏消息
传来的那一天,我正在家中下厨,
一年一度,把我的学生们聚在一起
过跨年夜。那天一大早,
我就带着怪咖学生星娃去了西苑早市,
让即将出国留学的她观测
菜市场里博物学的旋涡。
我们先来到了写有歪歪扭扭的"南方菜"
字样的一块硬纸壳下,卖菜的连云港小哥
把我从一群挑菜的千手观音里拉到摊位后面,
打开了一个沾满泥巴的大口袋:
"大哥,今天最好的冬笋都在这里,
给你留着的。"我买了冬笋、芦笋、豌豆尖,
又带着星娃来到了长得像赵本山的
四川达州老哥的菜摊前,他家的儿菜
已在塑料布上排成了一个儿菜幼儿园。
我带走了其中绿得最吵闹的一个班。
在黄陂刘姐的摊上,我挑了一把
身强力壮的紫菜薹,在河南南阳大婶的摊上
我买了几个本分的西红柿和怯生生的小土豆,

又从口红总是涂得十分低调的邯郸蘑菇姐那里
挑了一堆没有漂白过的脏口蘑。
早市最西北角的特菜门店,是
连云港小哥的表姐夫开的,他熟读陆文夫,
梦想做一个美食家。表姐夫递给我一根南京烟,
让我尝了一勺他正在煮的腌笃鲜,
跟我聊起切火腿的刀法,
和他念大学的女儿开的韩版爆款淘宝店。
我从他家买了薄荷、香葱和小米辣,
他坚持不收我钱,只让我有空时再陪他聊天。
肉类大厅入口东侧的安徽夫妇
一如既往地给我拿出了整个市场最好的五花肉,
红白相间的层次,可以数到七。
水产厅里,南充鱼婶让她的哑巴儿子
给我挑了三只状如政要的牛蛙,
剥皮时,摊上水槽里的一尾胖头鱼奋力跃出,
想要在地面上开始新生活。我帮哑巴儿子
把鱼又抓了回去,他笑得像个兄弟。
我带着星娃穿过早市西边的一个垃圾场
来到一排违建平房北边的第二个门。
那是吉林鸡姐的秘密店铺,
活禽摊被禁至今,
买活鸡须有参加地下抵抗运动的激情。
鸡姐从屋后隐蔽的鸡舍捉来貌美芦花一只,

拨开脖子上的毛让我看了看皮下的黄油。
"就是你要的那种油特别黄的柴鸡,昨天
才收来的,想着你这两天就会来。"
鸡哥手起刀落,拔毛机轰响几声之后,
干干净净的芦花已装进了黑色塑料袋。
我帮鸡姐的小女儿看了看英语作业,
鸡哥感叹:"学得再好,初中都得回老家读。
这里容不下我们哪,真要轰我们走
指定比我杀鸡还麻利。"麻利。
我一下午都在家里麻利地做饭。
晚上,学生们麻利地吃着导师的麻辣,
麻利地在饭后谈起各自未来的不麻利。
就是在那时候我接到了那个上海打来的电话
告知我马雁在前一天离世的消息。
那时候,星娃在厨房里洗碗,七年后
她在美国写道:"洗碗好难好难。"
那一天之后,我再也没有在家中
请学生们吃过跨年饭。三年前,西苑早市
被全部拆除,人与菜,皆不知去了何处。

    2017/12/30 写于马雁七周年忌日
    部分回忆取自星娃的《碗》

天机

从幼儿园老师的讲述中,
我看到了一个不一样的你:
瘦小的身躯里藏着千吨炸药,
旁人的一个微小举动可以瞬间引爆
你的哭号、你的嘶叫,
你状如雪花的小拳头会突然变成冰雹
砸向教室里整饬的欢笑。
我歉疚的表情并非只用来
赎回被你的暴脾气赶走的世界。
我看着老师身后已恢复平静的你,
看着你叫"爸爸"时眼中的奶与蜜,
看到的却是你体内休眠的炸药里
另一具被草草掩埋的身躯:
那是某个年少的我,
吸溜吸溜地喝稀饭,
遍地吐痰,从楼上倒垃圾,
走在街上随手偷一只卤肉摊上的猪蹄,
抢低年级同学的钱去买烟,一言不合
就掏出书包里揣着的板砖飞拍过去。

我们自以为把过去掩埋得很彻底，
没有料到太史公一般的DNA
在下一代身上泄露了天机。
女儿，爸爸身上已被切除的暴戾
对不起你眼中的奶与蜜。

      2017/12/24　写于刀刀5岁生日

清晨的荣耀

我女儿一岁多的时候从动画片《朵拉历险记》里
记住了一头叫作 Benny 的牛,她就把所有的"牛"字
都用 Benny 来替换,比方说,直到现在,每天起床以后
她都会说:我们去摘牵 Benny 花吧。夏秋之交,
牵牛花是色彩单调的北方为数不多的例外,
它们骑着盲目的藤蔓攻占了草丛、栅栏、楼间空地
和早起的人们发蒙的双眼,又在一瞬之间
丧失了斗志,一任游牧的彩色帝国分裂成千万个
阳光下纤薄的幻身。我女儿常常只身闯入
这朝生暮死的帝国,以半生不熟的手部精细动作
终结几朵鲜艳的单于或者可汗,在她眼里,
它们都牵着一头 Benny。受我女儿的影响,在
上班的路上,我竟然能听见接连不断的粉色或者蓝色
  的声音
在对我喊"Benny! Benny!",带着动画片令人绝望
  的魔力。
直到今天早晨,当双轮惺忪的自行车无意中把我引到
一片偏僻的野地,仲秋的太阳递给每朵牵牛花一把
  金刀,

我这才想起它还有另外一个名字:清晨的荣耀。

2016/09/28

自行车与栅栏之歌

那一晚,骑车人心事嵯峨
毕生的为什么、毕生的去你大爷
如真气疾速注入了胯下的自行车

夜半,车自行,孤单的链条
咔嗒咔嗒地与星空中成群的云形海豚唱和,
自行车的骨架间涌动着一堂工人运动课。

二八加重的永久游荡者
在盲动的道路上像一只钢铁黑天鹅。
它突然厌倦,龙头一阵锈渴:

它看见了那段铁栅栏。那是它的金属丽达。
自行车立起来,扑向栅栏上潮湿的空格。
它永久地插在那里,喷射着 1980 年代的热。

2016/08/02

Bella Ciao
——给韩璐、偲偲和辰辰

密集的快门如骰子大把掷下，
分派着我们皮肉的偶然性。
我听见一粒多出来的骰子
"咔嗒"一声撞到了
合影深处的某个机关。
在两截笑声之间细小的缝隙里，
我看见三条通体透明的美西螈
从你们三个的身上爬出：
一条满嘴聪明的酒气，一条长着
会写诗的小虎牙，还有一条
尾巴上沾着一小坨北海龙卷风。
它们稍稍扭动了几下
就挣脱了各自的美西螈学位服，
游到合影上空的一团
代号叫作毕业的气流上，
对着你们三个唱起了歌——
Oh bella ciao, bella ciao, bella ciao ciao ciao!
你们没听见。它们把每一个 ciao
都唱得像羽状外鳃一样飘摇。

我从我的教学人形里

偷偷爬了出来，问它们

是不是要返回霍奇米尔科。

它们说 no。它们要去打游击，

解放被中老年表情包占领的人生。

它们分别要去投奔

美术馆游击队、银行游击队

和万能翻译游击队。

它们告诉我，整个世界

其实都属于一个美西螈游击总队，

"师父，唱完这首歌，请回到

你发胖的人形里，做我们的内应！"

是的，我分明听见我和它们一起

在合影上空开阔的水域里齐唱：

Oh bella ciao, bella ciao, bella ciao ciao ciao!

游击队呀，快带我走吧，

我实在不能再忍受……

            2016/07 北京

小小少年

从满月起,你不羁的睡眠
就开始像贪玩的羊群一样,
需要我挥舞着蹩脚的歌声,
驱赶它们从火星上的牧场
回到你永动机一般的小小身体里。
我成了你忠实的牧睡人。
我牧睡,每天两到三次,
唱着同一首叫作《小小少年》的歌,
"小小少年,没有烦恼
眼望四周阳光照……"
这首歌出自一部
我已经完全忘了情节的德国电影,
确切地说,是西德电影,
《英俊少年》。出于一个丑男孩
对"英俊"一词的莫名纠结,
我满怀敌意地记住了它英俊的旋律。
没想到三十多年后,地图上
早已没有了东西德之分,这首歌
却会被变得更丑的我

用来召唤你松果体上狡黠的褪黑素。
日复一日,我唱着《小小少年》,
把睡眠的羊群赶进准确的钟点。
我仿佛看见一个又一个的英俊少年
牵着你未来的手和你畅游花花世界。
那时,又老又丑的我,
或许会唱着《小小少年》
放牧我自己颤颤巍巍的睡眠。
终于,在你一岁以后的某一天,
你突然厌倦了所有的小小少年
和他们的英俊,你只想
听我丑陋的声音随便讲个故事入睡。
我又变成了你忠实的
挥舞着陈述句和象声词的牧睡人。
但我竟有些怀念
那些怀抱你的褪黑素起舞的
小小少年,怀念那个
在1980年代的小镇电影院里
对着"英俊"二字黯然神伤的
小小少年。

        2014/03/21 澳门

里德凯尔克

Ridderkerk

一坨背着旅行包的白云
错过了上一股
刮向鹿特丹的风。
它坐在半空中一个偏僻的
气流中转码头上
发呆,偶尔挪动一下
疲惫的云屁股,低头观看
它在河面上的影子
是怎样耐心地和低幼的阳光
玩着石头剪子布。
马斯河上安静得能听见
云的咳嗽,只有几艘
还没睡醒的货轮
从云的二郎腿底下
无声地驶过,集装箱上的
"中国海运"四个汉字
像一串遥远的呼噜。
云突然看见了
河边荒草中的我,同样是

错过了上一班船，

在一个孤零零的小码头

万般坐不住。

我们互相打了个招呼，

它的云语言元音聚合不定

很难沟通。它伸出

飘忽的云手，试图递给我

一根云烟，我表示婉拒

因为我只抽黄鹤楼。

我们努力让对方明白了

我有一个漂亮女儿，它有一朵

和乌云混血的儿子，前年

飘到了佛得角上空去学唱歌。

还没来得及深聊，

刮向伊拉斯谟斯桥的三桅风就来了，

我的船也已在上游出现。

我们同时掏出手机

拍照留念，而后，它去它的

鹿特丹，我则去往相反的方向：

一个风车排列成行、

像我女儿一样水灵的村庄。

                2014/06/14　荷兰里德凯尔克码头

片片诗
——写给我们的女儿哥舒

以前,爸爸每天都要看片片,
要么和妈妈一起,看
有很多帅叔叔的片片;要么
自己一个人,看那些
有光屁股阿姨的片片。现在,
爸爸每天都在给你换片片。
你小小的身体是一大片
神奇的新大陆,
爸爸像个冒险家,不知疲倦地
从你身上偷运出沉甸甸的宝物:
黄灿灿的金片片,
水汪汪的银片片。
金片片,银片片,深夜里,
在你直撼天庭的哭声中,
冒险家也会看花了眼,
把湿漉漉的纸片片
全都看成了在夜空中兀自播放的
片片:有时候是公路片,
五年后,我和妈妈拉着你

走向圣地亚哥-德孔波斯特拉；
有时候是奇幻片，十年后，
我醉心于观察妈妈的美颜
如何一眉一眼地移上了你的脸；
我最经常在湿片片上看到的，
是最酣畅的武侠片，
二十年后，你青春大好，
一身的英气裹紧了窈窕，
在这诡异的人世间，
"横行青海夜带刀，
西屠石堡取紫袍"。

     2013/01/02 写于凌晨换片片之后

京沪高铁

我在上海虹桥
你说:这就开始写一堆稿

你在对抗钻进了脂肪里的拖延症
我坐上了经期紊乱的"和谐号"

我出了江苏进了山东
你才写完第一篇稿

山东在下雨,大舌头的雨,下得我
忘了怎么用普通话向窗外的泰山问好

我想把大雨一个短信发给你
让你轻松地写点注水的呼号

但你坚持着一种肥美的速度:
你每敲下一个字,我就向北五百米

如此算来,我穿过河北的时候

你只能写完第二篇稿

我想要劫持"和谐号",逼迫司机
开慢点,你不写完就不许他开到

或者直接把火车开进你的网瘾里
一车把拖延症撞得死翘翘

其实我知道最后你肯定会发飙
把积压的稿全都天女散花般地写好

然后打开门,我就在门口,背包里
有带给你的栀子花和生煎包

2011/07/06　京沪高铁

娃娃音

娃娃音的朋友带你去
坐满娃娃音学妹的餐厅吃饭
电视里还有娃娃音的主播
转述着娃娃音的凶杀和娱乐

当娃娃音的女服务生
拿着娃娃音的菜单走到你身边
你突然想吃她声带上鲜美的元音
想吃娃娃音的平水十八韵

你开始用耳朵进餐,吃进去的
全是凉拌娃娃音、清蒸娃娃音
娃娃音焖桂竹笋和一大碗
加有语气词的酸菜蚵仔娃娃音汤

吃完饭,你的视网膜竟也
罩上了一层娃娃音。你坐上
娃娃音的捷运,看见一双双
娃娃音的丝袜讲着腿部的悄悄话

而你注定无法吸收所有这些
娃娃音。它们终将在你的胃里
形成一小块岛屿状的娃娃音结石
你每日消化的,仍是凶猛的陆地动词

    2009/05/16 中国台湾中坜双连坡

终身卧底

不止我一个人怀疑
你是来自另一个星球的神秘生物
你的左耳里有一把外太空的小提琴
能够在嘈杂的地铁里
演奏出一团安静的星云
你的视网膜上有奇怪的科技
总能在大街上发现一两张
穿过大气层陨落下来的小广告
甚至连你身上那些沉睡的脂肪
都美得极其可疑
它们是你藏在皮肤下的翅膀
我总担心有一天你会
挥动着缀满薯片的大翅膀飞回外星
留下我孤独地破译
你写在一滴雨、一片雪里的宇宙日记
好在今天早上你在厨房做饭的时候
我偷偷地拉开了后脑勺的诗歌天线
截获了一段你那个星球的电波
一个很有爱的异次元声音

正向我们家阳台五米远处

一棵老槐树上的啄木鸟下达指令：

让她在他身边做终身卧底

千万不要试图把她唤醒

                        2009/11/16　北京

格陵兰

马格山古阿格·瞿亚武吉索
是我认识的第一个格陵兰人,
这也意味着,我结识了
格陵兰人口的五万分之一。

他和一群维京人的后裔一起
坐在我们旁边,但看起来
他更像是我们派到北极圈里的卧底:
穿着一件在北京机场随便买来的

"上海欢迎您",他的因纽特面孔
始终挂着一万年以前的亚细亚笑容。
他父亲是格陵兰最北边的猎人,
母亲一家,在最南部牧羊。

我问他父亲都猎些什么动物,
他说:海豹。然后,夹杂着手势
他向我描述了烹制海豹的要领,
听得我把饭桌上的鸡鸭

全都想象成了竹笋焖海豹和
酸萝卜海豹汤。神灵们要怎样靠谱,
才能让他的父母在那个庞大得
如同一整片大陆的岛屿上相遇?

再需要多少头北极熊的元气
才能把马格山古阿格·瞿亚武吉索
养育成一个喝酒、写诗、踢足球,
性情像浮冰一样坦荡的汉子?

他做过老师,教孩子们用格陵兰语
在声带上捕猎凶猛的极光。
现在他是一名地方法官,案件少得
让他有足够的时间去异国怀乡。

他送了我一沓格陵兰的明信片:
阳光像粗短有力的大拇指,
把几枚彩色图钉一样的小木屋
摁在了海边的冰层上。

他盼望格陵兰彻底从丹麦独立出来。
这倒不是因为他那个从政的哥哥

有望成为第一任总统,而是因为
他更喜欢不拉雪橇的雪橇犬。

听闻此言的一瞬间
从我的肋骨间似乎也冲出来一条
威风凛凛的雪橇犬,挣脱了
胸腔里拖着的大国生活,冲向冰原。

    2011/10/27—2011/10/29 安徽黟县—上海

江畔

我抱着一条江睡了一夜。
我忘了我们是怎么认识的了,
总之,它流上了堤岸、
漫过了街道、涌进了电梯,
来到了我的房间。一条江,
一条略显肥胖但却有着
桥梁的锁骨、一条水流缓慢
但满脑子都是敏捷的游鱼、
一条在江中宅了一天但夜间
仍会失眠的江,就这么
被我轻轻地抱着,听我讲
千里之外的海、万里之外的
人世间。很快,它身上的
每一滴水都闭上了眼睛,
它脑中的每一条游鱼都变得
和星辰一样安静。我忘了
我握着它柔软的波涛
睡了几生几世。一觉醒来,
我拉开窗帘,看见

那条娇美的、懒洋洋的江
在阳光下流淌着恩爱。

         2009/05/16　重庆

一个有九扇窗户的男人

一个有九扇窗户的男人
在入睡前小心翼翼地拉上了
十八匹白色亚麻布窗帘。
他知道这无济于事：深夜里
十米之外的墨西哥湾
还是会一浪接一浪地闯进
他的小木屋，拧开他的台灯
看他没看完的书，摸出
他的打火机，把他没有抽完的烟
抽到大陆架的肺里去，最后
它甚至还会钻进他的大皮箱里，
将他一周后准备带回亚洲的东西
全都变成大西洋的一部分：
水母，海星，海水里懒洋洋的盐。
对此他将一无所知。
在大贝壳一样的白色床单上，
他像梦游的寄居蟹，挥出一只
瘦巴巴的螯，和壮硕的星星们

用黑魆魆的海浪的语言争吵：

有种你们丫给我下来！

        2008/11/18　佛罗里达州，马纳索达基

一个跟海鸟厮混的男人

一个跟海鸟厮混的男人,刚刚
从海浪迭起的午睡中醒来,就
来到了空无一人的海滩,沿着
下午三点不慌不忙的海岸线
一路去拜访他那些漂亮得让他
耻于为人的朋友们:鸟,
在单数的他和单数的海之间
矜持地抖动着天堂的复数形式的
鸟。他的长江流域博物学知识里
找不到这些鸟的名字,所以他
干脆给它们编上了号:一号鸟,
有些像鹈鹕,入水的动作仿似
以大嘴为支点,在海浪上倒立;
二号鸟分明是一个地理错误,
酷似从工笔寿星身边逃出来的
鹤,脖子和脚上细长的虚空
可以让喧腾的海瞬间静止成蓝天;
三号鸟,大海那雄性声带的
忠实骨肉皮,海浪在沙滩上

唱到哪里，它们就成群结队地
飞跑到哪里。他喜欢调戏三号鸟，
但每当他淫笑着，挡住了
娇小的三号鸟们的去路，就会有
状如鹰隼的凶猛的四号鸟从半空
俯冲而来，恐吓他两腿之间的
五号鸟。哦，没错，在这个
没有卫生巾和避孕套的
干净而孤独的海滩，他的五号鸟
已经变成了一只地地道道的
叫不出名字的海鸟，在裤裆深处
一片更开阔的海域上展翅飞翔。

    2008/11/21　佛罗里达州，马纳索达基

一个拣鲨鱼牙齿的男人
——给臧棣

一个拣鲨鱼牙齿的男人,
弓着腰、撅着已近中年的屁股,
在沙与海水之间搜寻。
换作在他的故乡、他的童年,
这个姿势更像是在把少年水稻
插进东亚泥土旺盛的生殖循环里。
但请相信我,此刻他的确是在
拣鲨鱼的牙齿,在佛罗里达的
萨拉索塔县,在一个
叫作玛纳索塔的狭长的小岛西侧
濒临墨西哥湾的海滩上。
像着了魔一般,他已经拣了
整整一个下午,虽然灼人的烈日
似要将他熔成一团白光,但
每拣得一颗牙齿,他就感觉身上
多了一条鲨鱼的元气。那些
乌黑、闪亮、带着不容置疑的
撕咬的迫切性的牙齿,是被海水
挽留下来的力量的颗粒,是

静止在细沙里的嗜血的加速度,
是大海深处巨大的残暴之美被潮汐
颠倒了过来,变成了小小一枚
美之残暴。他紧攥着这些
余威尚存的尖利的小东西,这些
没有皮肉的鲨鱼,想象着
在深海一样昏暗的中年生活里,
自己偶尔也能朝着迎面撞来的厄运
亮出成千上万颗鲨鱼的牙齿。

   2008/11/20 佛罗里达州,马纳索达基

一个在海滩上朗诵的男人

一个在海滩上朗诵的男人
从来都没有想到他会像现在这样
盘腿坐在沙滩上,跟海浪
比赛大嗓门。他的听众,一群
追逐夕阳定居在佛罗里达西海岸的
退休老人,从各自的家中带来了
沙滩折叠椅,笑眯眯地,
听他沙哑的嗓音如何在半空中一种
叫作诗的透明的容器里翻扬,而后
落在地上,变成他们脚下
细小的沙砾。只有他自己注意到:
每首诗,当他用汉语朗诵的时候,
成群的海鸟会在他头顶上
用友善的翅膀标示出每个字的
声调;而当他用笨拙的英语
朗诵译本的时候,不是他,
而是一个蹩脚的演员,躲在
他的喉结里,练习一个外国配角
古怪的台词。朗诵中,他抬头

望向远方,天尽头,贤惠的大海
正在唤回劳作了一整天的太阳。
一瞬间,他觉得自己也成了
听众的一员,一个名字叫风的
伟大的诗人,不知何时凑近了
别在他衣领上的麦克风,在他
稍事停顿之时,风开始用
从每一扇贝壳、每一片树叶上
借来的声音,朗诵最不朽的诗句:
沉默,每小时17英里的沉默。

    2008/11/2　佛罗里达州,马纳索达基

一个路遇火烧云的男人

一个路遇火烧云的男人,在
傍晚时分,搭车从他的海边小木屋
赶往35英里外的萨拉索塔,去做
他回国前的最后一次朗诵。他一直
捂着左边的脸颊,自西而来的牙痛
像巨浪拍打着晦暗的牙床:
大概因为他在海滩上拣了太多的
鲨鱼牙齿,遭到了墨西哥湾里
愤怒的鲨鱼们一致的诅咒,甚至
连那颗疼痛的牙齿都变成了一头
复仇的大白鲨,凶猛地撕咬着
他牙床深处的乡愁。天色渐暗,
疼痛不知何时开始从牙根
逐渐撤离,退向西边的天空——
火烧云!公路西侧的萨拉索塔海湾
完全被火烧云笼罩,一大片火红的
云的丛林、云的戈壁、云的高原、
云的新大陆倒挂在天际,大气中
似有无数个萨尔瓦多·达利

手持画笔在像民工一样劳动，把
三分之一的天空画成了结结实实的
超现实主义。他在火烧云上
看见了另一个火红的自己和一大群
火红的鲨鱼在火红的海底进行了
一场火红的谈判，谈判的结果是
他获准把他拣到的所有火红的
鲨鱼牙齿，全都送给他火红的家乡
有火红人品的朋友们。最后，
在萨尔瓦多·达利们把他们的作品
毁掉之前，他在火烧云最隐秘的
角落里，看到了他的妻子火红的脸。

    2008/11/25　佛罗里达州，马纳索达基

一个离开玛纳索塔岛的男人

一个离开玛纳索塔岛的男人
被闹钟里海浪的胳膊推醒,
他提着一大皮箱的海水、波光、
柔软的海平线,走出了他的
凌晨四点的小木屋。他抬头,
看见壮士一般的星星们
列队在空中抱拳相送,他身边
有几只仗义的海鸟在灌木丛中
用翅膀扑打黑夜的喉咙,让它
发出混沌的告别之声。别了,
由地壳上最天真的词汇
构成的海滩天堂,别了,
把六十公斤的海风一行接一行
敲进电脑的写作时光。他被
两个鲸鱼一样庞大的本地好人
接到了鲸鱼一样伤感的车中,
沿着滨海公路径直开往
坦帕机场。在阳光还未出来的
阳光天路大桥上,他感到

张开大口的坦帕湾正把他
像一枚误食到腹中的石子一样
从黑暗中吐了出去。他没想到
这枚石子比想象中更快地
落回了它原来的羞愤的位置：
几个小时之后，在华盛顿的
杜勒斯国际机场，他坐在一架
即将起飞的波音777客机上，
他周围是半个客舱说河南话的
县城干部考察团，他们掏出
方便面和火腿肠，把袜子
晾在座椅靠背上，大声地炫耀
自己在拉斯维加斯赢了多少场。

      2008/11/26—2008/11/27
    坦帕—华盛顿哥伦比亚特区—北京

白猫脱脱迷失

公元568年,一个粟特人
从库思老一世的萨珊王朝
来到室点密的西突厥,给一支
呼罗珊商队当向导。在
疲惫的伊犁河畔,他看见
一只白猫蹲伏于夜色中,
像一片怛罗斯的雪,四周是
干净的草地和友善的黑暗。
他看见白猫身上有好几个世界
在安静地旋转,箭镞、血光、
屠城的哭喊都消失在它
白色的旋涡中。几分钟之后,
他放弃了他的摩尼教信仰。
一千四百三十九年之后,
在夜归的途中,我和妻子
也看见了一只白猫,约莫有
三个月大,小而有尊严地
在蔚秀园干涸的池塘边溜达,
像一个前朝的世子,穿过

灯影中的时空，回到故园
来巡视它模糊而高贵的记忆。
它不躲避我们的抚摸，但也
不屑于我们的喵喵学语，隔着
一片树叶、一朵花或是
一阵有礼貌的夜风，它兀自
嗅着好几个世界的气息。
它试图用流水一般的眼神
告诉我们什么，但最终它还是
像流水一样弃我们而去。
我们认定它去了公元1382年
的白帐汗国，我们管它叫
脱脱迷失，它要连夜赶过去
征服钦察汗、治理俄罗斯。

2007/07/30

安娜·保拉大妈也写诗

安娜·保拉大妈也写诗。
她叼着玉米壳卷的土烟,把厚厚的一本诗集
砸给我,说:"看看老娘我写的诗。"
这是真的,我学生若泽的母亲、
胸前两团巴西、臀后一片南美、满肚子的啤酒
像大西洋一样汹涌的安娜·保拉大妈也写诗。
第一次见面那天,她像老鹰捉小鸡一样
把我拎起来的时候,我不知道她写诗。
她满口"鸡巴"向我致意、张开棕榈大手
揉我的脸、伸出大麻舌头舔我惊慌的耳朵的时候,
我不知道她写诗。所有的人,包括
她的儿子若泽和儿媳吉赛莉,都说她是
老花痴,没有人告诉我她写诗。若泽说:
"放下我的老师吧,我亲爱的老花痴。"
她就撂下了我,继续口吐"鸡巴",去拎
另外的小鸡。我看着她酒后依然魁梧得
能把一头雄牛撞死的背影,怎么都不会想到
她也写诗。就是在今天、在安娜·保拉大妈
格外安静的今天,我也想不到她写诗。

我跟着若泽走进家门、侧目瞥见

她四仰八叉躺在泳池旁边抽烟的时候,想不到

她写诗;我在客厅里撞见一个梳着

鲍勃·马利辫子的肌肉男、吉赛莉告诉我那是她婆婆

昨晚的男朋友的时候,我更是打死都没想到

每天都有肌肉男的安娜·保拉大妈也写诗。

千真万确,安娜·保拉大妈也写诗。凭什么

打嗝、放屁的安娜·保拉大妈不可以写

不打嗝、不放屁的女诗人的诗?我一页一页地翻着

安娜·保拉大妈的诗集。没错,安娜·保拉大妈

的确写诗。但她不写肥胖的诗、酒精的诗、

大麻的诗、鸡巴的诗和肌肉男的肌肉之诗。

在一首名为《诗歌中的三秒钟的寂静》的诗里,

她写道:"在一首诗中给我三秒钟的寂静,

我就能在其中写出满天的乌云。"

           2004/12/29 巴西利亚

日历之力

保罗·达吉尼奥是个和我同龄的傻子。
每次我去楼下的售报亭买烟的时候,
他都坐在店门口,歪着脑袋,口水里
流淌着早上八九点的开心词语。
五十多岁的店主弗朗西丝卡一年四季
都穿着比基尼,在递给我烟的时候,
她总是要关切地瞟一眼保罗的裆部
那勇敢而忧伤的勃起:她在那里看见了
黝黑光滑的自己,光滑得像
丈夫与情人们疾速穿梭的溜冰场。
溜冰场深处,在波罗蜜和芒果之间,总有
太阳下的保罗,他坐在轮椅里,享受着
瘫软的世界里孤独无望的直立。

保罗·达吉尼奥热爱太阳。
每天中午,他都会把轮椅摇到
没有树荫的小区花园里去。我住在
离花园最近一幢楼的三楼上,听着小区里的
鸟叫和蝉鸣,还有懒洋洋的风里面

对面楼房的混血女人小便的声音。
每天总有那么一瞬间,所有的声音
都停止了,被阳光塞得满满当当的空气里,
满满当当地都是肿胀的安静。这时
我总会听到保罗·达吉尼奥在喊叫,
那些没有意义的强悍的音节
踢开轮椅在半空中像豹子一样冲撞。每当我
听见这盲目的喊叫撞到我窗口的时候,
我都能看见我墙上的日历攥紧了拳头。

一个雷劈下来

一个雷劈下来,牛就不吃草了,
成群的牛钻进了电缆里吃肥沃的电,
你就上不了网了,你就只能
在忧伤的夜里吃电牛肉、喝电牛奶了。

一个雷劈下来,汽车就开始
生孩子了,一辆母汽车生下了一窝小汽车
在马路上乱跑,但公汽车还趴在它身上
咻咻地搞:滴滴,我亲爱的菲亚特,滴滴。

一个雷劈下来,连蚊子都被
震死了,室友鲁文居然还能钻进
暴雨的喉咙里接电话。Habla!他来自
西班牙,和他通话的是聋子画家戈雅。

一个雷劈下来,喝醉了的邻居看见
他老婆变成了光溜溜的吉他,被
翻窗进来的闪电弹出了火花。
他砸烂了闪电的鸡巴,独自跳桑巴。

一个雷劈下来,洗澡的人就开始
洗别人的澡,睡觉的人就开始睡
别人的觉,那些开通宵派对的人
就开始互相捕杀手表里的蜂鸟。

一个雷劈下来,巴西就不是巴西了,
巴西就把巴西卖给雷了。一连串的雷
劈下来了,一连串的巴西都被劈开了。
你在一连串的巴西里面不见了。

爱在瘟疫蔓延时
——为所有生活在非典时期的人而作

月亮戴上了口罩,十六层云每四小时
卷走一批黯淡的星星。
中药的气味、84消毒液的气味冲淡了
这幽静的校园深夜时分慵倦的体味——
那勾人魂魄的香气来自深藏于某本
未曾打开的卷册之中的孤独的腺体。
我曾目睹过这奇异的腺体
在无人问津的角落里附上植物的枝头
以吐纳它经年不化的喜忧:
三月里,它是第一朵跳舞也是第一朵扭伤的
白玉兰,它是迎春花失散的闺中密友,也是
和桃花在雨中裸奔的姐妹,令暮色羞红;
四月,它是连翘、榆叶梅、蒲公英,是
从天而降的紫藤骑上了鬃毛光洁的风,更是
从白丁香里面伸出来的紫色的手和从紫丁香里面
伸出来的白色的手,它们越过路灯
紧紧拉在一起,挡住过路人的阴影中飘忽的愁。
今夜,我是跑步经过这条盛开着
白丁香和紫丁香的湖边小路的。我跑步,

不是为了免疫力而是为了身体里一条
日渐干渴的鱼。我跑步,是要从瘟疫里
跑出一条通向大海的路,让身体里的鱼吞下
戴口罩的月亮连同云层所卷走的星星。
而从白丁香里面伸出来的紫色的手和从紫丁香里面
伸出来的白色的手紧紧拉在一起,挡在了
我的面前——又一次,在天空的繁花锦簇的肺部,我
　看见
那安静的春天的腺体在呼吸。
那是预感的腺体、大海的腺体、没有肌肤的爱的腺体。

风之乳
——为姜涛而作

起床后,三个人先后走到
宿舍楼之间的风口。
个子高的心病初愈,脸上
还留有一两只水母大小的
愁,左右漂浮。短头发的
刚刚在梦中丢下斧头,
被他剁碎的辅音
在乌鸦肚子里继续聒噪。
黑脸胖子几乎是
滚过来的,口臭的陀螺
在半空中转啊,转。

不一会儿,风就来了。
单腿蹦着,脚尖在树梢
踩下重重的一颤。只有
他们三个知道风受了伤:
可以趁机啜饮

    风之乳。

他们吹了声口哨截住了
风。短头发的一个喷嚏
抖落风身上的沙尘,个子高的
立刻出手,狠狠地揪住
风最柔软的部分,狠狠地
挤。胖子从耳朵里掏出
一个塑料袋,接得
出奇地满,像烦躁的气球。

他们喝光了风乳里面的
大海、铜、元音和闪光的
电子邮件。直到散伙
他们谁也没问对方
是谁,是怎样得知
风在昨晚的伤势。

2001/04/02

成人玩具店

她是他的硅胶孔,他是她的
蓝色振动器。拆迁、半价,
白天的喇叭包围他们,女店员
表情生动,讲解顾客心中的鬼。

他们被关在橱窗里。面对
肮脏的玻璃,男女顾客分拣
目光的软硬。他们则安静地
注视着对方原料里的安静。

长夜漫漫。偶尔会有一两个
坚定的鬼留下来,在黑暗中
挑拨他们不插电的羞。即便
如此,也不妨碍他们用渴望

接通电源,穿过脆弱的玻璃,
在一起剧烈振动。她是他
揪心的紧,他是她不顾一切的
快。他们是局部,是局部的爱。

夏天令他们有了温度和永远：
他们在商店倒闭之前火热地
隐身。女店员草草记下一笔：
"女A、男B两款样品遗失。"

太太留客

昨天帮张家屋打了谷子,张五娃儿
硬是要请我们上街去看啥子
《泰坦尼克》。起先我听成是
《太太留客》,以为是个三级片
和那年子我在深圳看的那个
《本能》差球不多。酒都没喝完
我们就赶到河对门,看到镇上
我上个月补过的那几双破鞋
都嗑着瓜子往电影院走,心头
愈见欢喜。电影票死贵
张五娃儿边掏钱边朝我们喊:
"看得过细点,演的屙屎打屁
都要紧着盯,莫浪费钱。"
我们坐在两个学生妹崽后头
听她们说这是外国得了啥子
"茅司旮"奖的大片,好看得很。
我心头说你们这些小姑娘
哪懂得起太太留客这些齷龊事情,
那几双破鞋怕还差不多。电影开始,

人人马马，东拉西扯，整了很半天
我这才晓得原来这个片子叫"泰坦尼克"，
是个大轮船的外号。那些洋人
就是说起中国话我也搞不清他们
到底在摆啥子龙门阵，一时
这个在船头吼，一时那个要跳河，
看得我眼睛都乌了，总算挨到
精彩的地方了：那个吐口水的小白脸
和那个胖女娃儿好像扯不清了。
结果这么大个轮船，这两个人
硬要缩到一个吉普车上去弄，自己
弄得不舒服不说，车子挡得我们
啥子都没看到，连个奶奶
都没得！哎呀没得意思，活该
这个船要沉。电影散场了
我们打着哈欠出来，笑那个
哈包娃儿救个妍头还丢条命，还没得
张五娃儿得行，有一年涪江发水
他救了个粉子，拍成电影肯定好看
——那个粉子从水头出来是光的！
昨晚上后半夜的事情我实在
说不出口：打了几盘麻将过后
我回到自己屋头，一开开灯

把老子气惨了——我那个死婆娘

和隔壁王大汉在席子上蜷成了一坨!

              1998/09

第二辑

壁虎

嗨,办公室门口的壁虎!
几个月不见,你瘦成了皮包骨。
每天替资本家捉虫到深夜,
我猜你毕业后的生活一定很苦。
既然想溜回来看书,
何必在门口趴着犯迷糊。
快快钻进去,找到通往书架的路,
暴吃十斤汉字、三万只拉丁字母,
躺下来修炼来世变哪吒的秘术。

赠别何青鹏

临走前一夜,一次性志愿的鼯鼠
忽又成群飞降,声如人呼,
肉翅颤得像多余的青春。
闪电中,大白腿、瓮金锤、
飘向兄弟的云朵和翻车鱼腹中的花火
逐一在夜空的背面拓写失败之书。
夜空的正面,公正的雨水
为他洗净了一匹腋毛芬芳的马。
他要骑上它,返回星期二。
这四年不是时间,而是时间的诱饵。
这地界说是燕园,有马也不过尔尔。

2017/07/07

如何举办一场云婚

首先,需要坐在黄浦江边
用轮船的汽笛声去敲天上的云
像挑西瓜那样。如果有一朵云
既温润,又活泼,敲击时发出
冬季未名湖冰层下塞纳河的流水声,
那就是它了,全世界最好的云,
它一出现,天空中第二好的云
就会因为过度紧张变成翻车鱼。
还需要找一个文青,不是那种
普通的迎风流泪的文青,
他必须满面虬须,有一坨壮硕的灵魂
他必须心细如发才如斗,能够看出
九马画山在漓江的倒影
其实是那朵正在书写艺术史论文的云。
如果都找好了,接下来需要做的是,
在 2 月 25 日下午 6 点 18 分的陆家嘴
把婚礼进行曲演奏成鲲鹏的形状
让文青骑着它飞进全世界最好的云。
那一刻,所有的人都指着天边说:

"快看!好漂亮的火烧云!"
最后,请拿出手机扫描火烧云里的二维码
你会穿越到一个叫作百年好合的星球,
在那里,所有认识的、不认识的、
感冒的、啜嚅的、做 PPT 的、发毒誓的人
都会突然间热泪盈眶地拥抱在一起:
云婚是人和宇宙的终极秘密。

    2017/02/25 写给茹芸、文青的婚礼

六周年的六行诗:给马雁

飞往新年的枭形时间总是在这一天突然改变方向,
向下,坠入监控录像深处的 2010 年。在那里,
它把羽毛变回羽毛球,把鹰嘴变回鹰嘴豆,把飞行重启为
一具年轻的身体里词语与勇气赛跑的飞行棋。
六年来,这一天是泥土,是锇,是栀子花,是狻猊,
是雾霾中成群的阿童木再度起飞,去一张字条里找你。

2016/12/30 写于马雁六周年忌日

淇水湾

我一下水就感觉到
这片海在没收我身上全部的海。
山海关附近肮脏的渤海,我 18 岁时
吞下去的第一只海,被一个浪从我的胃里拽了出来,
渤海抖了抖它身上的塑料袋和螃蟹壳,
愉快地离开了我。2001 年的深圳湾
也擦了擦它一身的淤泥
追着渤海跑出了我污黑的肺。海浪在我肋骨之间
拍醒了搂着我的乙肝病毒睡了 12 年的里约瓜纳巴拉湾,
它打了个哈欠,扭着它湛蓝的桑巴屁股
消失在这片海里无数个海水屁股波光粼粼的派对中。
海浪也找到了我藏在指甲盖下面的
2008 年的墨西哥湾和 2014 年的加勒比海,
我曾习惯于观察双手合十之时
左手的古巴海水和右手的美国海水如何在我指尖相遇,
现在,我的指甲半月痕里涛声顿失。
我曾经从旧金山和台湾花莲两个不同的方向
把轰响的太平洋搬进了我粗暴的声带里,
这片海只用了它万分之一的天真

就让太平洋心甘情愿地抛弃我去做它迷途知返的母亲。
一个肱二头肌闪闪发光的海浪
刚刚从我腋窝下抱走阿姆斯特丹西边大麻抽多了的北海，
又来了一个大波长腿的海浪，
在海水的T台上走着十四行猫步，拐走了
在我的耳蜗里闭关写作的冰冷的巴伦支海。
这片海在没收我身上全部的海，
而我竟快慰于
通过我乏味的身体，所有的海都来到了这里。

2016/08/24

绿豆冰棍

怎样才能在一颗绿豆里滑一段豆香滑梯?
怎样才能把一颗绿豆打满会飞到古代的氢气?
怎样才能让一颗绿豆下雨,下很大的雨,
然后穿着绿豆雨靴钻进绿豆里找彩虹去?

怎样才能听见绿豆放的绿豆屁?
怎样才能看见绿豆长出尾巴变成绿豆鱼?
怎样才能系好安全带坐在绿豆上,
大喊一声"冬天!",就来到了冰天雪地?

怎样才能给绿豆讲爸爸是怪兽的秘密?
怎样才能用绿豆拦截所有寄玩具的快递?
怎样才能"哐当"一声打开绿豆,
换上里面好多好多的小裙子蹦来跳去?

"妈妈,我还要吃一根绿豆冰棍!"嘘……
千万不能告诉别人:我们其实都生活在绿豆里。

2016/07/25

木棉花

木棉花带着第三世界的快感
在急雨中坠下

木棉花,五瓣善妒的红肉
雇了五个私家侦探把暗香追杀

木棉花里另藏着一个肥厚的账户
已穿过雨滴去往巴拿马

木棉花是一座城市的大姨妈
在街头阻挡乌云和地铁啪啪啪

木棉花,阿弥陀佛的木棉花
一身无用的鲜血对抗着眩晕的楼价

木棉花围坐一地
像提前退休的一群人在练习瑜伽

木棉花深处有一个三岁的女娃

挥着小拳头高呼"打爸爸"!

           2016/04/10 深圳

酒店之夜

隔壁房间传来的声音
像拼图游戏一样
挑战着我黑又硬的脑细胞
男声像公文一样乏味
似在下达一些粗短的指令
两个女声交替着发出
双唇鼻音、浊卷舌擦音
软腭挤喉音和清喉塞音
进而有西南和东北两地
声调飘忽的长元音
像藤蔓一样绞杀着
东南沿海疲惫的短元音
接下来是和人民币有关的
数学之声，我的脑细胞
缩回了它们正常的大小
特区的夜色中，唯有
隔壁房间孤独的淋浴器
在默默地输出发炎的价值观

2009/11/02　深圳

回乡偶书

我自以为还说得来重庆话,
结果遭所有人当成成都人。
我因此回忆起一个词:张班子。
像个观光客,我满怀惊异地
看着这个三十多年来一直耸立在
我的各种档案里"籍贯"一栏
的城市:坡坡坎坎多得
让我的细脚杆也伟岸了起来,
新盖的高楼完全是本地哥特,
像玉皇大帝在乌云里包的二奶
把穿着丝袜的玉腿从天上
伸到了地下。但我最牵挂的,
还是在夜间辉煌的灯火之间
黑漆吗孔的地带:那是格外一个
隐形的城市,栀子花和黄角玉兰
赐福于那些香荫的小生活,
拐几道弯才拐得拢的危楼里,
老汉们打着成麻,棒棒们吃着
辣惨了的小面犒慰辛劳的一天,

洗头的妹儿多含一口鸭儿，就为
乡下的娃儿多挣了一口饭。
我这次来得黑背时，MMP的火炬
把白天的交通整得稀烂。
我搭了一辆摩托，从罗汉寺
到两路口，要往滨江路走怨路。
在江边飞驰的时候，凶猛的江水
拍打着我的身世，我突然看到了
另一个我的一生：如果当年
我老汉没有当兵离开这里，
我肯定会是一个摩托仔儿，
叼着老山城，决着交警，每天都
活在火爆而辛酸的公路片里。

           2008/06/16 重庆

笑笑机

你爱笑。
每天早上醒来,
你一伸懒腰
就把自己变成了一台
浑身都是开关的笑笑机。
我轻轻碰一下,
你就送我一串咯咯响的礼物。
还有几串咯咯声飞到了
妈妈身边,
你忽闪着大眼睛指挥它们,
打败了她脸上的
黑眼圈怪兽。
更多的咯咯声
在家里四处飘荡,
它们都是长着翅膀的粉刷匠,
把墙壁、桌椅甚至
装满了纸尿裤的垃圾桶
都刷上了你呼出的奶香。
你笑得最响的时候,

往往是坐在我的腿弯里,
我拉着你的小手,
你派出
整整一个军团的咯咯声,
它们手持咯咯响的弯刀
把我肺叶里的晦气
砍得哈哈大笑,
连我身上最隐秘的失败感
都被你装上了笑的马达:
我也变成了一台
大一号的笑笑机,
你嘴角微微一翘,
我就笑到云端乐逍遥。

2011年1月1日,给马雁

　　明月出天山
　　苍茫云海间

真主用白色裹尸布收纳了你。
我看见了你的脸,最后一次。
眼泪是可憎的,遮挡了一切,
连同你这些年的欣快和勇毅。
我们把你抬上运尸车,穿过
新年第一天寂寥的回民公墓。
你肯定不会喜欢这里,但你
会弹着烟灰说:哪儿都一样。
我们把你放进了冰冷的墓穴,
我们铲土,也代更多的朋友
把异乡的泥土盖在了你身上。
你父亲,一个因信仰而豁达
的穆斯林老人,在用成都话
跟公墓里的上海回民交谈着:
我们那边墓底都要铺一层沙,
因为大家都是从沙漠里来的。

风很大,我们艰难地点燃了
几把伊斯兰香,三支成一束,
插满了你的坟头,还有菊花,
越插越密。烟雾中的菊花香
像是通往另一种生活的大道。
有人突然说,你一定会嘲笑
我们这群来送你的人,一定。
有那么一瞬间,我真的觉得
你就站在我们身后,我身后,
美得比记忆更加朴素,就像
十三年前我第一次见你那样。
你也许会喜欢公墓给你做的
那块临时的墓牌,简简单单
在小木板上写着"马雁之墓",
删除了你这三十一年的智慧、
果敢、力量与病苦。我更愿
忘掉这一刻、这公墓:我把
我心爱的小妹葬进了这泥土。

        2011/01/02 上海—北京

二崁船香
——清明节怀念二位亡友

两年前,我在澎湖西屿的二崁村
买到这盒船香的时候,你们俩
一个已经在天上,把白云抟出了
雪山的韵脚,一个还在地上,

在一滴清亮的文字里,接纳了
深夜里的风沙和一大群失眠的骏马。
现在你们俩都在那个高高的地方,
或许,都长着一对汉语的翅膀。

你们划动的气流或许正在成为
被群星传诵的、一光年长的诗行。
你们或许会偶尔去看望对方,
从温暖的翅膀下拿出各自珍藏的

最好的时光,交给对方保管。
你们,如果真的偶尔会在一起,
或许还会交换一下我们在人世间
那些像记忆一样不知所谓的想念。

我不知道是不是因为你们俩
今天的天空才蓝得如此坦荡，
就像你们喝了点小酒，每每
笑一小下，蓝天就朝更远处绽放。

且让我来为你们俩点上一支
二崁船香。那高高的地方或许没有
河流和海洋，但我愿你们的青春之躯
如挂满风帆的智慧一般畅行在天堂。

此刻，我看见船香的包装盒上印着
"好胆麦走"，闽南语，意思是
有胆量就别走。这句话我很想说出口：
假如你们没走，假如我们的性情和血肉……

空椅子

那把不知被谁家丢弃的椅子
一直放在干涸的池塘边。
椅子腿深埋在杂草里,后面,
是一棵绿得有些吃力的
老榆树。每次我们经过这里,
那把椅子都让我觉得
我们好像在一起了很多年,
好像我们从清朝、从古猿时代,
甚至从一个叫作榆钱的星球
一直手拉手走到了现在。
一把无人安坐的空椅子,就是
一个宇宙的漏洞,像
木质的始祖鸟,骨骼间回荡着
两股清风在云端吃面条的
吸溜吸溜的美好声响。

纸袋猫

他们都说卖萌可耻:
作为一只中年公公猫
不卖萌又能做什么大事?

这白色纸袋里
是否有那年春天的好天气?
是否藏着我被割掉的犀利?

更多种活法招呼我钻进去,
摆脱她层出不穷的向井理
和他套路单一的波多野结衣。

这纸袋,就是我的时间机器。
我来不及在里面休憩,
每一秒,我都在忙于活出古意。

他们偷拍我之际
完全不会想到,我正在竹林里
爪拨琴弦,做我的猫中阮籍。

我吃到一片发苦的云

我吃到了一片发苦的云,
它的味道像是北京地铁10号线上
一只被挤扁了的乳房。
但这座高原城市还没有地铁,
天空中也没有一群硬邦邦的乌云
把柔软的云朵抵进角落。
这片发苦的云赤脚穿行在
我舌苔浓厚的旅途里,
踩踏着我味蕾上的亚热带,
把薄荷和小米辣请回了红土地。
我需要再仔细咀嚼,
才能吃出这片发苦的云朵里
起重机的味道、脚手架的味道,
和被拆除的城中村的味道。

2011/09/18　昆明

蟹壳黄

两年前我们曾经肩并肩
坐在村中的月沼边。
四周围,炊烟和炊烟
聚在一起,把全村的屋檐
高高举起,让它们在水面上
照见了自己亮堂堂的记忆。
微风中,月沼就是我们
摄取风景的、波光粼粼的胃:
池水消化着山色、树影、祠堂
和伪装成白鹅浮在水上的墙。
此刻,我一个人又来到这里,
但你也很快就可以重温
这小小池塘里的秘密:
我把整个月沼连同它全部的倒影
藏在了明天要带回家给你吃的
蟹壳黄烧饼里。只要
你一咬开那酥脆得如同时空的
烧饼皮,你就可以
在梅干菜和五花肉之间

吃到这片明澈的皖南：我知道
你的舌尖一定会轻轻扫过
在水边发呆的我，月沼
将在你的胃中映照我们的生活。

感谢信

张朝大将军,明朝洪武年间的
一个地方小官,从江苏老家
跑到现在的贵州黔东南州黄平县一带
当了个"军政修举",大概就是管管
军屯戍边之类的事务。他智勇双全,
"常衣皂甲,乘黑马,执铁锏,
出入敌阵,往来如飞",说是
在他的辖区里,小偷小摸都绝了迹。
邬桓大将军,又是一个明朝的
地方小官,宣德年间做过江苏溧阳的
县丞,"有志节,躬处节俭"。
他致力于除蠹弊、均赋役,据称
他任满的时候数千百姓到县衙挽留,
朝廷就破格升他为知县。我不知道
这两个地地道道的芝麻官是如何穿越
史籍的海洋、治乱的迷宫,
以大将军的名号,加入到了道教的
六十位太岁星君的行列中,被尊为
甲寅太岁和庚寅太岁。我只知道,

已经过去的 2010 年岁值庚寅，是我
倒霉的本命年。去年正月初八，
白云观的道士告诉我，张朝和邬桓
分别是我的本命神和值岁神，我必须
从元辰殿门口的小卖部把他们请回家。
出于对噩运的恐惧，我把这二位
印在金属卡片上的大将军装进了钱包，
和身份证紧紧贴在一起。我把他们
整整揣了一年，这一年，我过得果真
无灾无恙，虽然依旧买不起房、
申不到科研经费，但在昏暗的流年中
仍能保持智慧明净、心神安宁。
我深知，我等凡人不可过多言及命数，
所以我谨在此简要地致谢一下
张朝和邬桓二位大将军：愿互联网信号
能传至上苍，一介屁民在信号中作揖。

紫荆花

我揣着冷风走出来,
看它变着戏法
把路人纷纷隐去。

我说:停!它不听,
继续把这座城市
吹成了一小段迷途。

在一个陌生的街角,
它突然丢下我,
钻进了一树紫荆花。

像是早有准备,
它为树枝带去了
一大丛拂动的声带。

我明白,它是想让
每一朵花都和我说话。
我听见了时光的耳语。

但我不知如何通过这些花
把一两句语塞的问候
捎进黑暗的泥土。

我把冷风揣回了
羽绒服的口袋里。
路人重新熙攘，城市

也恢复了它冰冷的秩序。
而紫荆花依然在街角绽放，
温暖得像离去的友人。

2011/01/24　广州

杜鹃

手持便当的人
从杜鹃花下走过
便当盒里婉转的豆干
忽地失声了

一同失去的
可还有他卤汁中的睡眠?
那梢头、那颤抖
却是红白二色的风
一夜间长出了
明晃晃的骨肉!

唯有这热烈的花
能破解肺部的冷空气
布下的奇门遁甲
能让他嗅到
贡丸深处的过家家

手持便当的人

一从杜鹃花下走过

便同了在地人的福祸

    2010/03/10 中国台湾中坜双连坡

沙尘暴

一大早,我窗前的大榕树
就开始 oh yeah oh yeah I'm coming 地
乱叫一气,完全是在
跑进我的梦中跟我抢戏。
我只好罢演,片酬都没要,就
悻悻然起床,拉开窗帘一看:
沙尘暴竟然扑到了北台湾!
但见一粒粒的华北沙尘
像阿飘一样集结在空中,遮蔽了
鲜活的蓝天与白日。
我正要把窗户关死,却发现
一粒胖胖的沙尘已然脱队,钻进了
我的房间。它脱下了阿飘的行头
现出了低调的元身:原来是
几千里之外我家厨房抽油烟机上的
一小滴油烟。"夫人特意派我混过来,
叮嘱你少做怪梦,多吃青菜。"

2010/03/21　中国台湾中坜双连坡

北海岸

一路上,眼睛里都在
不断地长出腿
踩着巨浪的天梯
大步迈向乌云

一路上,公路屡屡
被海水挤上山坡
挤进凤凰花那
火红、潮湿的腋窝

转眼间的盘桓
转眼间的风和雾
转眼间,旧事如礁石
在浪头下变脸

一场急雨终于把东海
送进了车窗,我搂着它

汹涌的腰身,下车远去的

是一尊尊海边的福德正神

        2010/04/02　中国台湾淡金公路公车上

湾湾御姐

她的鹿腿上绷着青苔,
从右侧走进了这滴雨。
我那时在雨滴的左边,
把乌云卷成一根香烟,
吸着锋面上减速的秒。
她踩着雨滴里明灭的
木棉,山间的旧街巷
随柔肤下窄窄的静脉
一道蜿蜒,从黑皮靴
延伸到清明节的臀线:
在这魔镜般的雨滴里,
我只能一秒接一秒地
吸尽了她潮湿的身体,
把那鹿腿溶入从街角
突然流到我肺叶里的
白茫茫的野姜花之海。

      2010/04/08 中国台湾新竹内湾镇

车过宜兰

那一刻,海笨拙得
浪花里不携带任何象声词

防波堤赤着他或她的脚
抚慰着海水的青涩

我在火车里读《鳄鱼手记》
滨海铁路弯得像爱

"她转过来,海洋流泪。"
我一瞬间看见海中的一段视讯:

你在刷牙,猫在洗脸
铁路伸直了手臂,依旧像爱

那一刻其实还有夕光
金黄的手掌摩挲着海边的稻田

就像我手心上的台灯光

流进了你颈窝里的银河系

铁路西边,连山也是笨拙的
一朵巨大的云,像悲伤的陆龟

趴在山脊上,一直在看海:
不远处的岛屿,叫龟山岛

     2010/05/18 台铁1039次"自强号"上

希腊妹

和我住同一个会馆的希腊妹
父亲当年一定是个
参加了游击队的革命者
因为她的下巴左侧到颈窝那片
长了一大丛比游击队员的胸毛
还要茁壮还要刚劲的毛
我猜正是由于这一丛毛的缘故
校园东边这一带的流浪狗
都非常喜欢跟在她后面
每天夜里我去便利店买消夜的时候
总会看见她在门口很慈祥地
用刚刚买来的昂贵的狗粮喂狗
那群在我看来长得差不多的本地黑狗
每一只都被她赐予了希腊语名字
她用希腊语和它们交谈而它们
看上去竟也完全明白
她辅音中的大海和元音中的白房屋
她的祖国在债务危机中飘摇
她的嗓音却淡定得如同一切善良的事物

以至于我突然间觉得

她那丛一度让我不敢正视的毛

也可以有着高贵的单纯和静穆的伟大

    2010/05/22　中国台湾中坜双连坡

夜宿桃米坑

蛙声和雨声像两个
孪生的哪吒,争抢着
我耳朵里变幻的空。
其实我早已在耳蜗深处
腾出了一大片安静的山谷,
可以装下整个村庄的青蛙
和整夜的急雨,但
蛙和雨依旧势不两立:
当一道憨猛的锋面完全
钻进了我的左耳,
右耳的赤蛙、小雨蛙
和绿如革命的青年树蛙
就统统撤出了鼓膜背后的
听力游击区。一种
叫作睡眠的声音,从
蛙声逃离后的右耳道溢出:
我在梦中救下了
最后一只青蛙王的女儿,
帮它把闪亮的呱呱声

藏进了每一滴盲目的雨。

2010/05/23　中国台湾南投县埔里镇桃米坑村
"青蛙丫婆ㄟ家"

像

台湾食神焦桐的女儿长得有点像
萝莉版的范冰冰，81岁的诗人管管
很像他的青岛小同乡黄渤的老年版；
我在澎湖望安岛搭讪的一个冰店老板娘
酷似我在北京的一个学生只是略显
几分轻熟，我在彰化鹿港镇的公车站
借过火的一个司机和我在重庆的幺舅
几乎长得一模一样；我差不多每天
都要经过中坜新屋交流道附近的
一排槟榔店，上个星期新来的一个西施
看上去像极了我一个广州哥们儿的
新婚妻子，我一度怀疑他实施家暴
导致妻子负气出逃；在从台东到绿岛
的客轮上，一个小男孩因为看见了飞鱼
而把细嫩的笑脸迎向了晃动的太平洋，
我在他的眉眼间分明认出了我的一个
干儿子，他经常露出细嫩的JJ
在餐厅里追逐吓得四处逃窜的白领阿姨。
三个月里，随时都会有小小奇迹般的像：

像亲朋、像街坊、像无意中记得的路人、
像多年前的床友、像险些就要忘记的
中学死对头,甚至还见到一个在内湾线
的小火车上偷拍女生的蠢货,长得
完全像是同样猥琐的我:如此密集的像
竟叠合成一个全然不同的世界——
这些像我们的人,活得这样有神。

    2010/05/30 中国台湾中坜双连坡

临别

每天早上把我从梦中叫醒的鸟
始终没有告诉我它轻捷的名字

阳光纤细,像鲜明的学生们
在树叶上闪出很多声"老师好"

明信片一般的草坪,我就是邮票
我发誓要给每一滴露珠写信

那些晨练的人,那些捧着奶茶
从我身边经过的人,早安!

天佑这清凉的风,这柔软的景
天佑这片像拥抱一样的风景

2010/06/01　中国台湾中坜双连坡中央大学校园

五周年的五行诗
——给马骅

把宝石放进莲花,
就能看见你在哪里:
骑一座流浪的雪山,
沿江啜饮月光里的欢喜。
你眼中有慈悲流溢。

2009/06/20

秘密

收破烂的老王
儿子也是个收破烂的
他长着一张工科大学生的脸
手上却拎着他爸用过的
老实巴交的秤杆和麻袋
他从我的廉价生活里
称走了三斤娱乐、四斤时事
和五斤各地出产的诗
他熟练地算好了价钱
递给我几枚温暖的
一元硬币:大哥,对不住
废品的价格还是涨不上去
我从他河南的眼里看到了
整个秘密

           2009/10/30 北京

圣火车站

汗流浃背的土行孙,行李是一个省。
哪吒们老了,拉杆箱下可还有风火轮?
发财的跑路的吃方便面和火腿肠的肉身
都来投胎,穿制服的女娲抟气味造人。

           2008/06/10 武昌

木棉

有一朵刚刚从
云霄归来，胖花瓣
紧攥着急急如律令。
有一朵，内藏
小火山一座，
天色一暗，即会
将来世喷出。有一朵
化作鲤鱼跳过了
楼宇的龙门，另一朵，
斜躺着，一任
游人拍摄，只管把
左侧的乳腺睡得
更沉着。还有一朵
罩着红盖头，
另有一朵牵着它、
娶了它、让它发出了
更大一朵尖叫。
再有一朵，沧海的袈裟
裹着桑田，沿着枝头

行脚,斜刺里冲出
格外的一朵,问
树下的小朋友们饭否。

      2009/03/08　中国香港,天水围

狗

高大的德国黑背麦克斯有个很下流
的习惯,喜欢钻进男性房客的双腿之间,
用头顶反复地摩擦他们庄严的裤裆里
那两个尴尬的球。房客们不知所措,
房东约翰大爷却笑出了一脸的玻璃碴,
他似乎看到了在麦克斯急促的喘息中,
男人们那根仅存的伦理在绝望地战栗。
可怜的老约翰,一个饱读诗书的同性恋,
多年前被政客男友抛弃的阴影什么时候
变成了一头黑背的身形?麦克斯不怎么
招惹我,因为和它相依为命的母狗,
澳大利亚牧羊犬西迪,是我的好朋友。
老约翰不太喜欢西迪,所以西迪总爱
跟着我混。我在厨房做饭,它跟过来,
在我炒菜的油烟中寻找宇宙尽头的骨头;
我坐在桌前看书,它努力把脑袋伸到
书边,没看几页就倒在地毯上昏昏睡去。
我在门外抽烟,隔着玻璃门,它始终
用那双四川农民一样淳朴的大眼睛

紧紧地盯着我手中的烟,生怕会有松鼠
从树上跳下来把它抢走。有时我怀疑
西迪其实就是我在北京的家里那只叫作
阿克黄的猫:但凡我在视频通话中
看见阿克黄的时候,西迪就不在我身边
——它已迅速地跳进了以太之中,从
我妻子的电脑里,伸出了猫爪子。它是
我们猫三狗四的活路上匿名的守护天使。

         2008/10/11 艾奥瓦市

麻雀

这里的月亮不比国内的圆,但这里的麻雀的确比北京的肥胖。已是十月,麻雀们分成了两派:一派待在树上,抢在秋风之前偷偷地给每片枫叶写上了一个"红"字;另一派经常在地上,恶狠狠地消化入冬前的蓝莓里干燥的蓝,直到冰凉的叫声中出现了遥远的大海。它们经常蹦跳着争吵,各自纠集肥胖的同伙们,甚至纠集空中的电线、地面的烟头,把这幽静的街角变成了直播辩论的街角电视台。作为偶尔路过这里的唯一一个幸运的观众,我对它们的议题并不感冒:无非是约翰家门口那个常有剩饭的垃圾桶到底是谁的地盘。我感兴趣的,嘿嘿,是它们肥胖的身体,是一坨坨肥胖的肉里辣椒和孜然的香味。
上苍啊,赐予我竹签和木炭吧!
只需要一小串烤麻雀,就足以
抚慰一个北美游魂的东亚的胃。

        2008/10/08 艾奥瓦市

蝗虫

这是一段绝望的行走。
烈日中似有一只
化名为上帝的巨大的秋老虎
在我的头顶不住地咆哮,
更多的秋老虎,藏身于
我身边数不清的汽车马达中,
也纷纷用它们暴躁的石油之喉,
发出了震天的啸声,像是在
齐声呵斥我这个公路上唯一一个
体内没有石油的物体。
这竟让我产生了一种
犯罪的快感:没错,背着
硕大的双肩包,步履坚定地
行走在小镇郊外的旷野上
两个不通公交车的商场之间,
我看上去绝对不像一个
为远方的妻子四处挑选内衣的
购物者,我更像是一个可疑的
有色人种,背包里兴许是

毒奶粉、炸弹或者什么主义。
突然间,在马路边的荒草中
我的脚步唤起了另外一些
体内没有石油的物体:
那是一群蝗虫,灰头土脑地
在这个庞大的国度
过着它们渺小的直翅目生活。
它们是最棒的乡村乐手,
翅膀和后腿稍事摩擦,
就足以令我从北美大草原
回到四川盆地的稻田。
加油,蝗虫们!在我汗水滴落之前
快用你们的小声音
把所有的秋老虎统统催眠。

        2008/11/18 艾奥瓦市

花栗鼠

后腿直立、前爪耷拉,
一只花栗鼠站在草丛中
侧耳倾听我身上的秋风。
我每向前一步,它的小眼睛
就猛然明亮几分,像是
有闪电的碎片落入它的瞳孔。
它知道我不是唐老鸭,
我也知道它不是奇奇或者蒂蒂:
它是出没在我那老民主党房东
放在户外的垃圾桶边上的
一只活生生的花栗鼠,
它精于收藏,每天都在忙于
把一寸又一寸的光阴
叼进一种叫作冬天的未来里,
而我总是试图去猜测
它那鼓鼓囊囊的腮帮子里
到底塞了些什么东西:
几枚坚果、落叶里的邻家生活
还是一本卡夫卡的《美国》?

每次,还没等我想明白
自己和它到底有几分相似,
它眼中闪电的碎片就会
汇聚成一道布满条纹的
毛茸茸的闪电,飞快地钻进
路边的地缝里。我也会转身
回到自己住的地下室里:
我暂时叫作陀思妥耶夫斯基,
我要为回国前漫长的冬天
写一屋子《地下室手记》。

       2008/09/22 艾奥瓦市

蛐蛐

当我们用 MSN 视频通话的时候，
尽管你那边一片晴好，我这里
夜色安宁，却总有轰鸣的雷雨声
包围着我们孤伶伶的嗓音。
难道是太平洋上成千上万的风暴
潜入水中钻进了海底电缆，
只为了给我们相依为命的交谈
增添几分雷霆万钧的乱世情怀？
哦不，我们要从这万恶的悲情、
从这电视剧一般蹩脚的雷雨声中
夺回我们那清清白白的细语。
我们改用了 Skype，谢天谢地，
电缆深处终于风停雨住，我终于
又可以看见在北京和北美的两个
无线路由器之间，无数个博尔特
举着我们的嗓音在漫长的宽带上
飞快地接力。但没过多久，
奇异的状况再次出现在不靠谱的
以太世界里：我们的嗓音四周

竟升起了一片悦耳的虫鸣，
仔细辨认，像是有数不清的蛐蛐
藏在 Skype 里齐声 happy。显然，
我们在北京的家中没有草丛，
我在北美的房间里也找不到任何
这种直翅目小玩意的痕迹。但
同是初秋，当我们打开窗户，
窗外都有卑微而优雅的蛐蛐，
一声一声地奋力把天空叫出秋意。
看来它们之中分别有一部分
已经混进了电脑里，附着在
我们的嗓音中，探听另一片大陆上
秋天的秘密。像是同时体谅到
这些小家伙们的不易，我们
保持着沉默，听蛐蛐们互致爱意。

          2008/09/16 艾奥瓦市

松鼠
——给阿子

几天前,像两个游手好闲的监工,
我们总是在路边监督松鼠们的集体劳动:
每天早上,它们把好天气一粒接一粒地
从树上搬到地下,傍晚时分,则把
整个小镇的安静掰碎了,叼回树上。
你认为松鼠们同样也乐于看见
我们这两个大松鼠一样的中国人,
一路上,两根隐形的大尾巴一左一右
在异乡的空气中搅动出两行
"家"字的正反书。没错,其实是它们
在路上等着看我们。像商量好了似的,
每走五米,就有松鼠蹲在路边
向我们展示捧在两只小前爪上的
一小坨乡村美国。它们甚至能听懂
我们在说什么,临走的时候,你说:
"要好好吃饭!"我看见旁边的草地上
一只松鼠闻声朝我举起了一枚橡果。
你走以后,我那根隐形的大尾巴
一直耷拉着,再也挥不出"家"字,

倒是经常能够在门外抽烟的时候，
看见松鼠们从两棵枫树之间的电线上
飞快地爬过，它们把电线里的电
踩成了一首想你的诗，又通过
110伏的电压传到了我的电脑里。

        2008/09/10　艾奥瓦市

七层纱之舞
——给 biubiu

每晚,我都是希律王,在床头
看你涂上七种护肤品
跳七层纱之舞。第一层,取自
小猫鼻子上的湿雾,那里有
一小片贵州,暗中把华北安抚。
第二层是一朵吃苹果的云,
飘在家中宣讲瘦身术。第三层,
荆芥连着薄荷,薄荷挨着紫苏,
写成一本令舌尖迷路的菜谱。
机器人的激情织成了最热忱的
第四层,熟知你身段的裁缝
名叫阿西莫夫。第五层
是一声痛哭中泻下的伊瓜苏瀑布,
妹妹找哥泪花流,找到以后
却要饿肚肚。肚肚饱了就有
运动的第六层:电脑里,一幅
大航海时代的藏宝图,多少
肥胖的时光在上面练出了锁骨!
那第七层呢?"哞哞,第七层

就是你的肌肤,只有你
才能让她青春永驻。"星空中,
一头 30 岁的金牛把秘密倾吐。
它早已偷偷地把你移交给我守护。

2008/04/20

小猫
——给刘、范

第一个晚上,被它从搁架上拽下来的东西有:
一袋屈臣氏面膜,一条中南海0.5,一摞
写错了名字的汇款单,一本《中亚古国史》。
我教育它要尊重静物。第二个晚上,它还是
刨下来以下物品:一坨普洱茶,一个海龙电脑城
导购小哥的名片,一尊古巴泥塑,一副方块A上
印着"肛交非常容易感染艾滋病"的扑克,一本
《中亚古国史》。我给它讲事物的秩序。第三个晚上,
它依旧从一种叫作人世的时空里叼走了一张
刻着红音潮吹的光盘,一双挂在墙上用来辟邪
的草鞋,以及,一如既往地,一本《中亚古国史》。

第四天的白天,僧人闹事,有司发言,连翘
说开就开,喜鹊赞美路人的衣衫,一切事体
皆如从前,独有一个小女孩的阳光和一个
小男孩的阳光,竟在阳光火锅前好端端地交织出了
泪眼。我敢断定,小猫早已预见到这百年不遇的
善男善女善眼泪,每个夜晚,它都急于表达
它那柔软的身体里惊天动地的快意:每件被它

掀动的物品都是它重新命名的一个词语,它希望每个早晨我们都能在收拾东西的时候,破解一句它用至善的耳朵在星团的轰鸣中听见的秘密——为了和它沟通,我必须再次阅读《中亚古国史》。

            2008/03/28

小猫
——给徐曦

少年仔,出牌的时候
休得大声叫嚷,它的
玲珑小玉胆,悬在你
八千级石阶的声带上。
且让它携一肚子香港,
趴在你身旁:转世前
它亦可能在屯门流浪,
通夷语、诵奥登,把
该叫的春在书中叫光。

少年仔,且屏息静观
牌势的苍茫:前一刻
还是校园网上毛片王,
只那么一张勾魂红桃,
就悄然化作 MSN 上
无嗔无怨的上好情郎。
可怜的它,尘柄已在
宠物医院里一刀流芳。
它只能嗅着你满脚的

图书馆气,陪你畅想
一副牌里人世的狷狂。

2008/03/31

小猫
——给小鸭

火星上飞来的小姑娘
一落地就长过了一米七。
她假装和我们一样
随斜风而料峭、在酸奶里
喝谋生的力气,
但她眼里的春花
分明结着一个秋月,
她听见的夏虫,很可能讲着
1935 年冬天的葡萄牙语。
加油,她对自己说,
誓把红尘赶出大气层。

只有小猫和她分享着
身上的天象:当它收起
脊背上弥漫的黄沙,翻躺在
地板上,一条逍遥的银河
在它肚皮上流淌,
令懒洋洋的人之手
亦能摸一把毛茸茸的浩渺。

此时,这小姑娘,哦,刚刚在
宇宙尽头的餐馆吃完晚饭
的小姑娘,碰巧有两团火烧云
停留在她观世音的脸上。

            2008/03/30

小猫

——给张扬

我曾亲眼看见小猫和一只小蟑螂
狎媟无间。那蟑螂仅仅是想
从无休无止的下水道穿越之旅中
爬上来,舞一曲孤伶伶的虫殇。
曲未终、触须乱,却惹来
小猫的怜爱,黄白小爪轻抚
蟑螂翅膀上经年不散的哀怨之光。
"我,我,还没有男朋友呢,虽然
我吃得有些胖。"微胖又何妨?
小猫伸出暖如春风的软舌
把妹性大发的小蟑螂掀翻在地上。

在小猫万花筒一般变幻的眼中,
那时辰,那冲动,那小小的蟑螂
分明叠合成了另一个物种的形状:
她面色皎皎,她黑袜花裙,
她即便懒于梳洗,也自有一股
把汗水电解成汉水的体香,
令小猫泳思于其间,靡靡喵声

尽诵汉之广。这次第,千年游女
也要扮萝莉,但见她慌慌张张
弄胀了小猫的热望,她让它
猫心似箭,它让她乾坤荡漾。

            2008/04/07

里弄

内裤紧挨着腊肉、咸鱼
挂满了巷道两侧的梧桐树。
树下,菜刀男浑身是胆
在东北馆子的案板上剁碎了
四分之三个南宋。
热乎劲儿这就传开了,几条
缩在冬天的袖子里吃面的好汉,
竟被热气蒸得掏出了小灵通,
按下一行亲娘,发送成功。
右半条街有笑眯眯的屋檐,
鸭舌帽老头嚼着酱鸭舌
听他父亲从土墙缝里捎话:
台儿庄一战,死伤惨重。
可巧,小楼背后
是乳臭未干的高楼,脖子上
挂一条广告围嘴,上书SONY。哦,
SONY,SONY,谁的嘴在嗍你JJ?
粉灯亮处,老房子总能
温暖老生意。但更多的老生意

须得在街头放肆,比如:
大喊三百声年糕,而后把扁担
挑进吾等闯入者缓慢的耳蜗里。

         2007/01/14 杭州

掏耳朵

第一次给你掏耳朵的时候,
我战战兢兢地,从里面掏出了
一个鸟窝。鸟窝里的鸟都说着
我说过的废话,我羞于看见它们
叽叽歪歪地从你眼前飞过。
第二次,我掏得更深,先掏到
棉被一样厚的乌云一朵,
我沉住气,沿着云端再往里掏,
就掏出了整整一上午都躲在乌云里
下载毛片的太阳老哥。这该死的家伙
看的毛片和我看的一样猥琐,
它升到天上,向你认了个温暖的错。
你嫌金属耳勺太硌,所以第三次
我就换了一把牛角的,可以对付
更多的妖魔。天哪!这一次
我居然从你耳朵里掏出了
一岁大小的我。好像还没掏完。
一岁的我小手紧紧拉着你耳朵深处
两岁的我,两岁的我拉着更深处

三岁的我，我越掏越慌，最后
掏出了三十多个吵吵闹闹的我。
你让这三十多个我和我站在一起
排排队、吃果果，相互交流
对你的研究成果，然后又让他们手拉手
回到了你的耳蜗。我顿时理解了
你为什么这么喜欢掏耳朵。

            2007/03/25

阿克黄

你为我叼来魔鬼的呼噜,
我喂你吃窗外的漫天大雾。

你蹲在水碗边上等候渔夫,
我给你读了两遍《硕鼠》。

你抓我,想从我身上抓出
各式各样的隐形生物。

我摇着你的脑袋,神色严肃,
拷问你到底把手表藏在了何处。

你一高兴就忘了礼数,
闯进卫生间观看人类的屁股。

我一生气就记不得你的种属,
曾经叫过你变态、狗屎和猪。

惭愧啊!我和老婆互相照顾,

却让你在手术刀下迷失了公母。

我以为你咔嚓之后只喜欢哭,
只喜欢抱着桌子腿跳钢管舞,

没想到你依然矫健如故,
从书架上掀下来一堆歧视太监的书。

你甚至还操心起太空军务,
在电脑上踩下导弹打卫星的命令符。

我教育你要爱和平、走正路,
你躲在沙发底下,喵喵呜呜。

为了请你出来散心我三顾猫庐,
结果,反被你关进了狡黠的小黑屋。

2007/01/20

雨

旅途中,总有
不知生辰八字的细雨相随。
在机场的出口,雨就已经
混进了人群,踮起
窸窸窣窣的脚尖,盼你。
火车上,雨,又是雨
拿灰蒙蒙的小指甲
刮着车窗喊你,你就是不醒。
要等到一个空落落的傍晚
你才真正和它相遇:
雨伸出它小猫一样的舌头,
一块砖一片瓦地,为你把
整条街道舔湿,让你在空气中
闻到了小学一年级。
你把剩下的雨
从一棵冬青树上抱下来,
让它躺在你的旅店里。
你用毛巾擦去它身上
冷飕飕的风,却看见

这陌生的江南细雨

竟有一块和你一样的胎记。

                        2007/01/16　上海

一席谈

早餐后,茶水不紧不慢。
几张北方飞来的嘴在江南
就地撒欢。顷刻间,
座中人已调集十三亿想象力
攻占了纽约和巴黎,说是为了
让全世界人民都有诗可写:
写生之荒唐和大不如意
如何捍卫了在文字中牛叉的权利。
吾人开怀非常,却有一团晦气
从笑声中落荒,如受惊的鸦雀
躲进了唱片的密纹里——
突然间,酒店的背景音
从丝竹变成了哀乐,吾人大悲,
恍若坠身于辞令的洞穴。

         2006/01/15 杭州—上海

停电的雨夜

你把没人要的傍晚带回了家。
你扔掉了它手中的雷电,
脱下了它身上的风,把湿漉漉的它
擦得干干净净,给它换上了
你为孩子准备的小 T 恤,请它
吃了一盘热腾腾的青椒炒乌云。

它不理你。它打着饱嗝,
安静地听楼后的街道上
陷在积水中的汽车用满天的喇叭骂它。
它也不理喇叭。趁你不注意
它钻进了你家中的电闸,一口吃光了
你们那片居民区全部的电。

停电了。它从电闸里钻出来
就变成了没人要的黑夜,
流着鼻涕,和你在黑暗中对坐。
你和它交谈,它说一口炼狱里的方言。

你取来蜡烛,点燃,在火焰摇动的刹那间,
你突然听懂了它一直在重复的一个词:想念。

2006/08/01

中关村

天桥下,一群贴打折机票小广告的缩水西装
和另一群发打折机票小卡片的缩水西装打了起来。
风在半空中操纵着一个看不见的手柄,
让他们打得像游戏机里的小人儿一样勇猛。
其中一个小人儿的缩水西装打没了,露出一件
芝加哥公牛的背心,牛头被西瓜刀砍出一道血印。
风拉着他落跑,他跑过天桥,躲到了
街对面的一间发廊里。几个肉唧唧的人
在门口打斗地主,她们的网眼衫连成一张昏暗的
蜘蛛网,挂在路边粘肉唧唧的鸟。芝加哥公牛
破网而入,吓坏了衣柜背后的隔间里
一个刚脱下豹皮裙的黄毛女。"警察!"
她吐出嘴里的一小截日本留学生,冲出后门
独自去跑路。风跟在她身后,伸出麻利的风的手指
帮她扣好胸衣、裹好豹皮。她一口气
跑过拆迁房、工地、售楼处、一万五一平米的小区,
撞上了一根从摩托车上横扫过来的闷棍。
持棍的暗黑破坏神两只胳膊上都刺有"爱"字文身,
他挥动着两个凌厉的"爱"字,扯下了

黄毛女身上的金项链和银耳坠。风催促他
迅速回到摩托车后座,指挥驾驶座上
穿着天线宝宝T恤衫的兄弟按原路逃跑。
逃啊逃,逃啊逃,风偷偷地把地图掉包。
暗黑摩托车穿过透明的写字楼、职业经理人、
哥特摇滚、坏账率和英特尔双核处理器,
最后被风掀翻,栽倒在这首飘满了柳絮的诗里。

          2006 北京

大航海时代[1]

把工作扔进大海,
把北京关进1507年的船舱,
你在游戏里是一个
威震加那利群岛的女海盗,
用鼠标咔嚓水手以想念
外出的老公。设若
被你咔嚓掉的某一个水手
因为程序的故障苟活了下来,
越过好望角、莫桑比克海峡,
经马六甲、南中国海和舟山群岛,
来到长江的入海口。设若
程序的故障让他寂寞地航行了
500年,让他沿着长江
一路逆航到汉口的海关大楼,
他就会生命力爆发,爬上
沿江大道,来找旅途中的我:

---

[1] 一款由日本光荣公司出品的航海冒险类单人游戏,于1990年正式发行。游戏历史背景设定于15世纪至17世纪世界各地发生的"地理大发现"时期。——编者注

我碰巧在一栋 1913 年的租界建筑
改造成的酒店里,遥想 1913 年
你我的前生有否在乱世中
同渡一船。那水手
会伪装成服务生闯进我的房间,
一记佛得角铁拳,把我打翻在地:
"个板马的,还毛回克,
你老婆玩大航海时代都玩苔了!"

2007/12/30　汉口

一个字

有一天,我突然想写点什么。
我不停地点 IE 右上角的叉叉
像崇祯十七年攻入成都的张献忠,
以鼠标为刀,砍死了全部的
含有"强奸""乱伦"等关键词的
社会新闻。异常粗暴地,
我关闭了所有的下载软件:
BT、迅雷、电驴、FTP,不管那里面
有多少 F 罩杯正在 1K 接 1K 地隆起。
我一把捏住了一首歌的喉咙,
把它摁在播放器里活活掐死。
至于 MSN,这倒霉的玩意儿,
噙着所有在线好友的泪水,
被我像麻风病人一样轰出了电脑。

是时候了。我打开了一个
白茫茫的 Word,干净得像是
天使在地狱里的履历。我激动地敲下了
第一个字,指尖还未离开键盘,却发现

那个字正一笔一画地从屏幕里
往外爬,已经爬出来的笔画
形成了一个三角形的脑袋,分明是
一只壁虎!我慌忙用手捂住 Word,
但还是来不及。接下来的笔画
已成为细小而有力的壁虎身躯,
带吸盘的小爪子勇猛地撑开了
我手指间的缝隙,扭动着,
试图钻出液晶。妻子赶紧帮我
扣上了笔记本,但,仅仅,
只夹住了最后一个变成了尾巴的笔画。
断了尾巴的壁虎迅速逃离了
我的书桌,我的家,不知所终。
而我,竟怎么也想不起来
我到底敲下了怎样一个字。

         2007/12/01 上海

晨起作

南来北往的水汽越来越少,
天色一走出来就冷,就发呆。
刚刚掀开的半床秋夜
究竟有多少还留在脚板上?
自行车把一路的叶子
都骑不见了,谁家的懒八哥
对着远山骂了我三遍。
这小区,这新分配下来的旧时代,
又可以吐纳我几年。
我打开门,让江西人和河南人
分别引塑钢和涂料入室。
是了,就是这一刻,
我推翻又承认了满屋子的假设,
你还在另外半床的秋夜里
拉我畅游小崽生活。
睡吧,我会替你醒更多的早晨。

2005/11/02

犰狳

猛地看见电脑上的日期，想起
一年前的今天，在南美的海滩巴拉奇。
那是一个被十七世纪的金子淘出来的小镇，
坐拥吞天海景和葡萄牙的凋敝。
入夜，我们携一身憨猛的云和岛屿
回到岸上，见街就逛，见古就唏嘘。
有花花红灯闪出一个诡秘的去处，往来者
皆是气质男和肉意阑珊的随便女。
我们骤然欢喜，误以为来到了
本地的风化区，进去之后才发现
此处乃是文艺天地，方圆百里的知识分子
携带成群的知识粉子，在此郑重地追忆
巴西东南沿海印第安人的血泪履历。
墙上是被装裱成艺术品的印第安人，
台前有被演说成学术绕口令的印第安人，
大厅里陌生的干柴和烈火以印第安人的名义
迅速地组合在一起。我们在那里
没有看见一个活着的印第安人，直到
走出门去，在几十米之外的街角

与几个卖手工艺品的印第安人在黑暗中相遇。
他们露宿在街头,出售做工笨拙的
木雕、草编和饰羽。他们不叫卖,
像茧皮一样硬生生地长在黑夜的喉咙里,就连
不得已说出的几个关于价格的葡萄牙语数词,
也像龟裂的茧皮一样,生疼、粗粝。
他们眼神里的警惕连成一道五百年前的防线,
从防线那一边,我们小心翼翼地买来
一只木雕的犰狳。嗯,犰狳。
性格温顺的贫齿目动物,浑身披甲,
像他们的祖先,在丛林里逐安全感而居。
嗯,巴拉奇。我刚刚被精英们沉痛地普及:
此地的印第安人原本盛大而有序,说灵巧的
图皮-瓜拉尼语,后来被捕杀无遗。
精英们不愿提及那些黑夜的喉结上
一小片茧皮一样喑哑的,不可见的后裔。

2005/08/18

那些夏天,宁静的地名

载满瓜子壳、臭脚和黄果树焦油但居然也有空调的
　　火车
从凯里附近的一个小站飞驰而过,
青山绿水之间闪过一个站牌牌——六个鸡。
此后脑壳如同遭鸡哈过,不,不是如同,
就是遭六个不晓得长成哪样的天鸡一脚接一脚
哈得稀烂。一大坨格外的地名像是
草草埋在地底下的金银细软,遭鸡脚哈了出来
闪着大好河山旮旯里的私家汗水之光。
这些地名,这些汗水里头的有义气或者没得骨气的
　　咸味
都是夏天的。好多个不走白不走的夏天哦!
我曾怀揣着这些细碎的地名星夜兼程
为了撵一团江河湖海通吃的祥云,
也曾把这些地名用锦囊包好,交与
一两段粉艳故事,暗香浮出地图上翻滚的年轻的肉。
鱼儿沟、战河、猪肚寨、浪卡子、眨眼草坝……
再加上前两天才走安逸的一个:朗德,
那个地方不仅有开发得寡老实的苗寨,更有

路边大幅标语让游兴里的良心打抖抖:
"读不完初中,不能去打工!"
好了。六个鸡已经遭不长记性的火车甩远了。
我决定像个逃难的坏人
把这些碎银子、小珠花一样的地名再埋起来,
怕时光追杀过来讨债。那些夏天,宁静的地名
最好一直像这样藏在脑壳里,生人勿近,子女不传。

         2005/07/01 厦门

小别

鼓浪屿让我想起我们曾经去过的
萨尔瓦多的某个小岛:
同是由渡轮载着三生的乌云前往,
返航的时候,乌云里
少了一片踮着脚尖的前世的海。
那片不听话的海同样是从半空匆匆落下,
令岛民们关闭门窗吐纳小巧的宅事,
令游客们撑开粉嫩花伞
遮挡狡黠的热带。在鼓浪屿
有街巷曲折可人,
有瓜果小吃鲜如急雨,
有唐突造访的隐者家中仁厚的江湖,
有美女骤现岩间摆其臀扬其胸不知所终,
有小土地上大丛大丛的、毫不犹豫的舒适感,
但我还是犹豫了一下,想起了
萨尔瓦多:那里有你环球一周赠我欢颜,
有我们第一次对着大海的铜镜梳妆斯磨,
而在这里,只得一个空有良辰的我。
今生的乌云携带海水里羞涩的阳光

拍打新婚的山山水水，

不容你我以小别蹉跎。

        2005/06/29　厦门

合群路
——为元贵而作

合群路上有人不合群,
拿一身肥肉掩护眼睛里的灵光
躲在路边吃火锅。

街对面是省城好生活,
千百小崽衣衫光鲜,啤酒声声吼,
把小吃吃成大吃一顿,把穷快活

吃得只剩快活。又有先进的游客
开发西部身体,街边的沐足广告
似要为所有人洗出三只脚。

街这边,入仕多年的你
依然官拜科级。你跟我讲时局讲民生,
就着麻辣蘸水,探讨如何用韩愈

增强政论文的表现力。你对家乡
爱得不慌不忙,但你酒后的肠胃里
兀自醒来一个文艺的北方。

想当年,又是想当年,
你前额发亮,我亦是地道的诗歌豺狼,
你我二人霸占了多少娇美时光!

但凶狠总是不得好报,正如
我们面前的火锅里烂熟的狗,
昨日也曾在陌生的村口咆哮。

每隔几年,我都要写上小诗一首
分与你服食,不求青春常驻
但求扶养你眼中疲惫的灵光。

那灵光只一流转,肥胖的你
即可腾空而起,在办公室里任游天地,
或一览人民,或造福汉语。

注:合群路,贵阳最著名的夜市一条街。元贵者,诗人陈元贵也,笔名嘉禾,曾就读于北大,1990年代中期返家乡贵州为吏。

门

我住的变态公寓
有大大小小十六扇门。
这些门重复、对峙、毫无逻辑,
这些门每天都在努力地
把自己表达成一扇独一无二的门。
譬如,饭厅一号门和饭厅二号门
相距仅有十厘米,但穿堂风吹过的时候
饭厅一号门坚持哐啷作响而饭厅二号门
则总是吱吱呀呀。同样的区别也存在于
厨房一、二、三号门之间,
它们分别为奶酪、辣椒、洋葱的气味
提供通道,因为我厌恶奶酪,所以我从来
不从一号门走进厨房。一号厕所的
一号门和二号门之间存在着
不可调和的矛盾。我若大便,须从一号门进、
二号门出,否则永远也关不好其中的任何一扇门,
一任马桶里的大蒜气味弥漫整个公寓。
有时候我被它们搞蒙了,索性
去二号厕所大便,但二号厕所的侧门

有个小小的麻烦，它同时也是
室友卡洛斯卧室的二号门，
卡洛斯出来刷牙的时候，我必须蹲在马桶上
跟他说早上好。这些独一无二的门之间
经常也会开一些恶意的玩笑：
我卧室的那扇独居之门心情好起来的时候
会刻意模仿隔壁的室友保罗卧室的
那扇享乐之门，以至于一天凌晨
保罗的某个巨乳女友去完了三号厕所之后
回错了房间。这些天是圣诞假期，
我的室友们都回老家过节去了，我一个人
在公寓里照料着这十六扇性格古怪的门。
今天下午，暴雨来临之时，
我把所有这些门统统打开又合上了一遍，
对它们念叨：四四一十六，
还有十六天，我就可以打开
我在中国的那扇小小的门。

         2004/12/26　巴西利亚

克莱斯波俱乐部

克莱斯波俱乐部,本城军警的疗养院,在
帕拉诺阿湖西岸最荒芜的地段。那里有
附近最便宜的游泳池,每天下午,我都要
在巴西高原的旱季灼人的阳光中
独自穿过一片荒野,去那里游泳。
荒野上的杂草比我高,风吹过来的时候
我必须用手撩开割在脸上的叶片。
一路上都是鸟,认识的、不认识的鸟
被我惊起,嘶叫着,在低空中
看着僭入的我,像是在交涉。
它们中的大多数很难称得上漂亮。
杂草的尽头是陌生的灌木,林中
一样荒凉,没有奇花异果,只是树,
枝,叶,绿色,安静的树。树连着树,
树默许着树的生长,树们默许着我
从那里经过。红土小路上有时候
会有一两只变色龙跑来跑去,爬过
我身边的时候,它们会礼节性地
回回头。传说中这里有歹徒出没,

枪口对准钱,阴茎对准不幸的女性。
但我在这条路上走了近一个月,荒野上
只有我一根安详的阴茎。往往,
抽完第二根本地出产的万宝路,我就能
走到只见车不见人的大马路上。
马路对面,就是高悬着军警标志的、
空荡荡的克莱斯波俱乐部。游泳池里
也通常只有我一个人,在阳光下
独自晒黑。我每天要游四十个来回,
一千米。在自己划起的水声中,
我偶尔会数,再游多少个一千米、
多少个来回,我就可以游到我的三十岁。

          2004/09/06 巴西利亚

云

这片云显然已经习惯了
偷窥我在这里的生活。
每天下午三点左右,它准时
出现在我的窗口,每次都
换一副模样,假装根本
不认识我。有时它匍匐在高原上
像一只胆怯的犰狳,遥远地
注视着从我的午睡里
缓缓流出的溪水;有时它坐在
对面的楼顶上,搂着另一片
其实也是它的化身的云接吻,但
我能感到它看不见的手
正伸过来搂抱我电脑里的忧伤;
有时它干脆伪装成一对
令我垂涎的巨乳,略微
有些下垂,有着我喜欢的
少妇的柔软度,这形状是
如此具体、如此超越了具体,
以至于我的茶杯里经常

似有整个大西洋的乳汁
在喜悦地荡漾。我似乎
也已习惯仅仅与它为伴,懒于
戳穿它的鬼把戏,每天故作新鲜地
看着它嬗变的面孔,暗地里
识别它潮湿的胸膛里晴朗的诡计。
有一天,我终于厌倦了
和它默默对视。我携带着
一腔雨水冲上天空,变成
一片状如怨气的乌云,从背后
向我窗前的云扑了过去。
它爬上一棵椰子树,躺在
下午最强烈的阳光织成的吊床上,
对着我哈哈大笑。是的,它一下子
就认出了我,并用从椰子的密封的爱里
喷出的彩虹,恶狠狠地洒了我一身。

季候三章

烈日

为了让雨来得突然,太阳必须坚持。
我骑了十里的头疼、十里的火眼金睛,
孤身来到郊外方圆十里的孤身里。
单车拐进芒果林,一下子不见了正午的红土地。

2003/12/17　巴西利亚

狂风

红发被风吹散,她的美纯属偶然。
更偶然的是蜂鸟,在风中、在半空停下不动了。
大朵大朵的花坠地像大有来头的神仙,
圣诞前,我独坐风之一隅,看邻家老幼不得闲。

2003/12/17　巴西利亚

雨季

我醒来时雨也醒着,它想要交谈。
爱做梦的时辰过去了,剩下的是凌晨和巴西。
周围还有很多醒着的声音在空气里
舒展着自己,然后抱在一起,被雨说了出去。

2003/12/17　巴西利亚

北翼

1
在一个以翅膀命名的城区,是否
每天都可以在梦中飞行?
我常在深夜里醒来,穿过
空荡荡的卧室、客厅、厨房,

从冰箱里取出冰凉的水,为那台
破旧的梦的发动机降温。夜空中
还能看见散落的梦的零件,它们有时
是星星,有时组成一张记不清的脸。

2
阳光成了我最要好的朋友。
每天早上,我和它分享手工卷烟丝,
分享南美洲东部滚烫的夏令时。
我们一起喝绿茶,反复加水,直到

茶味变淡,阴影上身。
这个时候总会有一架飞机拖着

细长的忧郁,在空中慢慢消失,不知
是去往昨天还是去往布宜诺斯艾利斯。

3
良人啊,我的桌上满是
快乐的水果,而我的胃却不在房间。
它在阳台上消化着安静,消化完我的
又饥饿地去消化别人的安静。

而这里只有名叫汽车的别人,或者
名叫楼房、名叫草坪、名叫
门房里孤独的监视器。我的胃甚至
想钻过地心,去消化北半球的安静。

科利纳

1
每晚,汽车载来安静。
不知名的花香送不知名的人
去随便一个轮胎里喝酒,
留下狗,把月亮啃完。

连狗都不知名,古斯塔沃
或者塔依莎,向楼上的我摇尾巴。
狗之后是风,风之后是
一阵透心凉,还我以热乎乎的月亮。

2
有人把吉他弹得精光,其他人,
用嗓音走路,像是走到了
天那边。我爱上其中一声笑,
但那笑声里面的乌云一直是不笑的。

隔壁的隔壁隔着无限多的
隔壁。今天的天气有好身材,

我的阳台是它黝黑的肚皮。
门卫在对什么人说，Boa Noite。

3
从旷野上走来的良人啊
走进了耳朵眼就可以休息。
夜间没有鸟，但有一只知了
趴在秒针上鸣叫。

你那边几点？在这里、在科利纳，
寥寥几幢公寓楼撑不满
我的睡衣。我不是我的瘦身躯，
巴西也不是巴蜀以西。

圣若热

石头听说了石头,瀑布洗净了瀑布,
二十多个瀑布下来,太阳一泻如注。
犰狳出洞的时候,山大了、水累了,
水里婀娜着的大好的青春凉透心了。

整个峡谷的热都转移到了村子里边。
此地吊床林立,大麻香飘三十里远。
格瓦拉装束的鲍勃·马利叫住了我,
邀我同去,点黑姑娘肚皮上的篝火。

阿尔波阿多尔

我只愿意独自待在诗里,诗独自
待在海里,海独自待在有风的夜里。
一夜之后,阳光拖着水光上天,
嘈杂的人群从细小的白沙里走出来换气。

换完气的细小的人群回到嘈杂的白沙里,
又是一天,地平线把太阳拖进水底。
海从夜里裸泳了出去,诗从海里裸泳了出去,
我从一首诗裸泳到了另一首诗里。

圣特雷莎

大西洋在逼仄的巷道里发酵,
令阁楼更软、山势更糜烂。有轨电车
载我看时间的匀称感,街边走过的人
身体里都盛满了海水和昨日之慢。

我欲在此颐养天年,在棕榈树下
一个满墙藤蔓的院子里躺着抽水烟,
我的诗却很不稳重,独自闯进茉莉街角
一间沙哑的酒吧,去把黑夜诱奸。

戈亚斯韦柳

小城故事多,但都被
毛脚游客吃进了没底气的肚子。
玉米粽子加豆饭利于放屁,噗的一声,
好风水就上了阳关道。

我在约阿金街的拐角处呆立了三分钟,
目赠一个肚脐女以历史感:她扭臀,
葡萄牙摆胯;她一来例假,
17世纪的绝经了的嬷嬷们竟都来了例假。

比利纳波利斯

欧洲离它而去,只留下山的名字:
比利牛斯。小街上立着煤气灯,卵石路
通向鹦鹉。一条河爱了三百年金子,
游人跳进水中,洗了个浑身夕阳红。

那桥也梦见了金子,桥身上消瘦的木头
在夜里刮出酸疼的风。夜里,女人们
把好身体带到桥头。我去那里的时候是圣诞,
月亮祝福金合欢树,和树下的小旅馆。

索布拉迪尼奥

车开到山顶,不见了那一大片
懒散的楼群。路的尽头是慢吞吞的树,
小户人家支起了烤肉架,收音机
播放着啤酒和迷人的邻居。

转回去的时候开车的人喝多了,方向盘
陷进盘曲的夜里。乌鸦、蝙蝠和遥远的中国
——从车前飞过,我下车探路,
看见满城的灯火在山下美得蹉跎。

第三辑

题翟永明的照片一帧

她去了塞维利亚,
她去了科尔多巴,
她最爱格拉纳达,小窗户
正对下午五点的阿尔罕布拉。

她的美征服了西班牙,
征服了酒馆的酒、弹吉他的他,
连地下的洛尔卡也为她
开出了一大丛异性恋的花!

"她落落大方,从不惊讶
但也从不多讲话。"
拍照片的赵老师说她
美人的身体里有英雄的骨架。

但我知道这张照片的背面,
有看不见的恐惧在挥发,
有一个怀乡症的夜晚,雷电交加,
失眠的她在拨打上帝的电话。

忆蒋浩君

不知道是海风还是你阅读趣味里
日益浓重的古风把你吹到了
我的面前。通常,在风中,
我的习惯动作是鹞子翻身,
置迎面的嗖嗖声于小心的翅翼
之侧。但这次,我抖开了
羽毛上的歌剧院,大嗓门、
大动作地迎接你的风沙、你的劲道。

分别半年,你的盆地式激动
不减半分,还增加了
一个海峡的汹涌和一个岛屿的
不确切性。胖是胖了点,但
头发萧索,接近于美髯的胡子
草率得接近于没有根基。还好,
都还好。一群古衣冠的义士
在你的嗓音里背过了身去。

三天的时间里,你并未充分发力

就已把我弄晕。你的有来由的伤、
有来由的很认真和有来由的反对
令我的安慰如螃蟹般兀自在沙滩上
横行。如果有可能,我愿意
给你沉郁的皮囊灌满腥臊之气。
而你我辞别之后,在飞机上,
我看见浮云才明白,不可能的大可不可能。

    2002/12/01 兼怀11月24日共进午餐的
          王雨之、唐不遇、燕窝诸君

梦见桥和康赫

我们吃诗吧。我说。
我从一个很老式的碗柜里
拿出昨天吃剩下的诗,字和字
长在一起,淤塞着,像各种块茎——
有一首甚至具体得像天麻,上面
还有环状的坏心情的纹路。

桥把块茎状的诗推到一边,
娇声娇气地问,还有别的吗。

还有别的吗?
 康赫可能刚刚吃过
方便面,嘴里一股防腐剂的味道。
他一把抓过我身上背着的
军挎包,在里面乱翻。
 别找了,
我们吃这个吧。就吃这个吧。

我从军挎包里面的牛皮水囊里面的风箱里

掏出三首诗:有一首诗是一根
直径一公分多的钢筋条,另外两首
结尾的字都很尖,分明是两把
宝剑,上面刻着"干将"和"莫邪"。

本来,我以为康赫会一口吃掉
那根钢筋条,但他三口两口
把"干将"吞了进去,喝着
珠江纯生,大声说:
写得好!伟大!写得好!
     桥咯咯一笑
"莫邪"自己朗诵着自己,进了
她的肚子。
   我必须吃下难咽的
带螺纹的钢筋条,忍受喉咙里
生硬的钢的尖叫。
    这叫声
最终把我惊醒了,让我呆坐在
一个个下雪天的凌晨,琢磨自己
为什么会梦见这两个互不相干的、
优秀的浙江人。

双飞

——为意大利色情片之王 Tinto Brass 而作

没错。就是这两只翠鸟
劫持了你的兄弟。准确地说，
是劫持了他身上的一条
红肿的鱼。你没见过那条鱼。

这两只剃光了腋毛的翠鸟
把你的兄弟扔到它们在云层中
窝藏腋毛的地方，任他
翻腾，任他跳翠绿的龙门。

避开你弹弓的那只翠鸟
解开了深秋的上衣，抖落一池
涟漪；另一只，从尾巴下面
褪下蕾丝，露出毛茸茸的月食。

从天堂的镜子里，你可以看见
你的兄弟怎样被它们慢慢啄食：
在涟漪中、在月食里，鱼反复地
消失，变成翠鸟们的眼睛边上

快乐的鱼尾纹。而你是痛苦的。
你和你没有鱼了的兄弟的痛苦加在一起
是所有即将再生的鱼的痛苦。
没错。但翠鸟依然要飞。

新年

我怀念那些戴袖套的人,
深蓝色或者藏青色的袖套上,沾满了
鸵鸟牌蓝黑墨水、粉笔灰、缝纫机油和富强粉;
我怀念那些穿军装不戴帽徽和领章的人,
他们在院子里修飞鸽自行车、摆弄锃亮的
剃头推子、做煤球、铺牛毛毡,偶尔会给身后
歪系红领巾的儿子一记响亮的耳光,但很快
就会给他买一支两分钱的、加了有色香精的冰棒;
我怀念那些在家里自己发豆芽的人,
不管纱布里包的是黄豆还是绿豆,一旦嫩芽
顶开了压在上面的砖块,生铁锅里
菜籽油就会兴奋地发出花环队的欢呼;
我怀念那些用老陈醋洗头的人,
在有麻雀筑巢的屋檐下,在两盆
凤仙花或者绣球花之间,散发着醋香的
热乎乎的头发的气息可以让雨声消失;
我怀念那些用锯末熏腊肉的人,用钩针
织白色长围巾的人,用粮票换鸡蛋的人,用铁夹子
夹住小票然后"啪"的一声让它沿着铁丝滑到

收款台去的人；
我怀念蜡梗火柴、双圈牌打字蜡纸、
清凉油、算盘、蚊香、浏阳鞭炮、假领、
红茶菌、"军属光荣"的门牌、收音机里
"我们的生活充满阳光"的甜美歌声……
现在是 2003 年了。我怀念我的父母。
他们已经老了。我也已不算年轻。

注：本诗为作者童年的缩影，20 世纪 80 年代，其生活在军队大院里，诗中描写的是自己的父亲及邻居。

战争

电视里,我看见一个伊拉克小孩
头部被炸伤,在医院里
号啕大哭。白纱布底下,是
焦黄的小圆脸,塌鼻子,大眼睛。
我和妻子几乎同时发现
他和幼时的我十分相像。
在摄于1979年的一张照片上,
同样有着塌鼻子和大眼睛的我
在为重庆郊外一只桀骜不驯的蟋蟀
而哭泣,焦黄的小圆脸上
挂着豌豆大小的泪珠。
那时,我的父亲在广西凭祥附近
一处设在榕树树洞中的
战地指挥所里,一簇仇恨的火焰
正从另一些塌鼻子、大眼睛孩子的父亲手中的
火焰喷射器里跃出,要去
吞噬他的左手。几个月后,
我看见父亲布满胡须的陌生的面庞,
吓得一言不发,躲在了母亲身后。

而现在,我听见那个伊拉克小孩
正用阿拉伯语呼喊,字幕上的汉语
清晰地打出——"爸爸!爸爸!"

打嗝

从昨天上午十点开始,我打了
整整一天的嗝。每隔十秒,
那些嗝带着腹腔里不可控制的肌肉的理性、
带着厄运的分寸感,涌进了我的生活。
那些嗝,天知道它们是否受到了
瘟疫的感召,像1346年从黑海逃走的
热那亚人一样,穿过我咽喉中的达达尼尔海峡
挤进我的卧室、我的客厅、我熏着迷迭香
的卫生间和我炖着萝卜腔骨的厨房,
和阳光一起,挤在我的阳台上
挠痒痒。那些嗝不在我的吊兰上
荡秋千,不在我的巴西木上抽烟,也不在
我干枯的茵卡玫瑰上把带刺的体温
量了又量,它们钻进了我的影碟机,制造出
一个又一个满是马赛克的鬼的形象。
在夜里,那些不知疲倦的嗝
像蚂蚁搬家一样,把街上救护车的警报声
拖进了我的梦里,还为我拖来了
程咬金的笑脸和凌晨三点的小便。

我试过憋气、掐穴位、喝姜汤、吃糖,
但打嗝的迫切性依然徘徊在腹腔。
今天上午,我背着家里这八千六百四十个嗝
偷偷上了网,搜索到一个连我自己
都无法相信的秘方。我打着嗝,剪下
一小条手指甲,打着嗝,把指甲
点燃,打着嗝,把鼻子凑到
点燃了的指甲前面,打着嗝,

        闻了一下。
那些已经出来了、正在出来着和将要出来的嗝就此
 消失了。

偷吻

我们应该如何去观察
诸如一首诗写完,就会有
一个军团的诗从猎户座
呼啸而至的异象?

这其中的大多数诗,
理所当然地,在大气层中
烧得灰飞烟灭,只剩下两首,
曾经袭击过冥王星和大槐安国的两首,

落到了我们的背后。
我们应该如何去观察
诸如这两首苦命的诗在一阵急雨之后
互相骂对方是浑蛋、是鸡奸犯的异象?

它们自此天各一方,一个
贪恋一楼一凤和指压场,
一个在卡斯蒂利亚
拿塔罗牌暗算墨水里的君王。

当这君王在羊皮纸上写下
"荒唐的事情之所以荒唐
是因为它们已经成为我们自身",
两首落难的诗就打着响指

重叠在一起,并缩成一个诗球,
从耳朵里一扇虚掩的门
滑进了我们的身体。我们应该如何
去观察诸如这滚雷般好动的诗球

在我们心旌荡漾之时突然
安静下来的异象?它的确
安静了下来,一动不动,只是
偷偷地吻了吻我们刚刚完成的诗。

海魂衫

1991年,她穿着我梦见过的大海
从我身边走过。她细溜溜的胳膊
汹涌地挥舞着美,搅得一路上都是
她十七岁的海水。我斗胆目睹了
她走进高三六班的全过程,
顶住巨浪冲刷、例行水文观察。
我在冲天而去的浪尖上看到了
两只小小的神,它们抖动着
小小的触须,一只对我说"不",
一只对我说"是"。它们说完之后
齐刷刷地白了我一眼,从天上
又落回她布满礁石的肋间。她带着
全部的礁石和海水隐没在高三六班,
而我却一直呆立在教室外
一棵发育不良的乌桕树下,尽失
街霸威严、全无狡童体面,
把一支抽完了的"大重九"
又抽了三乘三遍。在上课铃响之前,
我至少抽出了三倍于海水的

苦和咸，抽出了她没说的话和我
潋滟的废话，抽出了那朵
在海中沉睡的我的神秘之花。

我曾想剁掉右手以戒烟

我曾想剁掉右手以戒烟,
但又担心左手。左手,万一
左手也熟练地夹着烟又如何?
那就只有再剁掉左手。
试想双手皆无也不是坏事一件,
那些进入我身体的烟雾会令我的脏器
在人生的中途迷路,那些烟雾
有时是虎豹虫豸有时是性感妖女,
会吃掉我的好生活或者吃掉
我想象力的生殖器。
我可以成为用脚写作的天下第一。
但如果脚也开始摆弄打火机并以
金鸡独立之术将香烟送至
我嘴边,抽还是不抽,还会是
一个问题。看来我还得
再剁掉双脚和双腿,像个
不倒翁一样,在无烟区摇晃,
痛而无忧、述而不作。
可是烟啊,魔力无穷的烟还是会

抓住我，传我以淡巴菰咒符，让我能够
把说出来的词语都变出过滤嘴
叼在口中。我将被逼上绝路，
撕烂自己的嘴巴、扯出自己的
支气管、像捅马蜂窝一样捅掉自己
罪恶的肺。收下我吧，阎王爷，
最后我将变成一根皱皱巴巴的"中南海"，
被现在写下的这首诗递到您的嘴边。

丢失的电子邮件

有一次柯雷跟我说,"宇宙中
一定有一个奇怪的地方,窝藏着所有
在发送过程中丢失的电子邮件。"

那该是一个什么样的地方?是上帝的肚脐眼
还是牛魔王的数码耳朵眼?没收到邮件的抱怨
越来越多,我决定冒险去那个地方

看一看。我挑选了最易丢失邮件的
月圆之夜,把自己当作一封邮件的附件
发了出去。出发后的感觉果然

不太对劲:不似时空穿梭,反倒像
年迈的泥鳅钻进干旱的田埂。
我喘着粗气,顶开硬生生的以太,终于

来到了一个黑黢黢的地下车间。天哪!世界上
所有丢失的邮件都在这里做苦力!它们
面黄肌瘦,像包身工一样在各种机器前面

呆滞地劳动。我看见一封求爱信在一分钟之内
加工了一百个马桶垫圈,而一张猥琐的黄色图片
则只用半分钟就生产了一百公斤卫生棉。

"哥们儿,这儿待遇怎么样?"我问旁边一群
埋头在缝纫机上缝制蕾丝花边的 Word 文档,
它们没人理我。"你们这是怎么了?是被谁

抓到这里来的?"不远处,一封标明由柯雷
去年某日发送的邮件怯生生地说,"我们
也不知道。就知道这儿的货在北京卖得挺好。"

一个穿中山装的监工拿着皮鞭走了过来。
我正犹豫要不要帮一封寄给我的讨债信
压制盗版 DVD,突然,从一台遥远的服务器里

传来了三声鸡叫。哦!那个孔武有力的收件地址
及时地把我从地下车间救了出来。从此,
我开始不定期地往那些容易丢信的地址

发送《资本论》和工人运动宣传品,期望它们
去那里组织革命。我开始对每一件日常用品
都饱含深情,因为那上面有苦难的命运。

北极圈的恋人

夜归途中有丁香扑鼻。
三四个闲人打一两个
酒嗝,遂使春天出声。
白毛,蒙面的白毛,还在
漆黑的小风里飘。或曰此
杨絮也。我的红单车
随夜之崎岖而生锈迹,
龙头暗摆旧事,慢慢骑。
好似在云端小试挪移,
我吹口哨、甩头发,看
男孩 Otto 和女孩 Ana
在纸飞机上,机飞,纸在。

(Gracias a Julio Medem)

镜中

先辈尝言：我家祖上
世代赤贫，在嘉陵江边
种稻、养猪、吃辣椒。
偶有绝学，不过是
裁衣服、割牛卵子，换得
鱼肉若干，令小儿憨胖。
有清一代曾出进士一名，
一眼大一眼小，殿试时
遭乾隆嫌弃，于返乡途中
郁闷而死。我时常
对镜呆坐，看黑眼镜歪戴于
一耳高一耳低之上，担心
自己在诗中作恶，终将
被光明的某物嫌弃致死。

闻香识女人

竹子味儿的。柠檬味儿的。
风信子的气味里似有一个
名为风信子的小人儿在打呵欠。
此地流传:不可随意
自水中捞取月亮以嗅赏
水之月香,其结果必是
大批的星星在鼻孔中升起。
夜何其过敏!九尺碎花也难于
包裹睡眠。挠痒痒、
蹬被子,从我经年的鼻炎里
果真爬出一个名叫"你"的东西,
断我喉,食我肉,乃去。

起夜

我看见他的时候是在
凌晨，天还没有亮。
膀胱中一把缠绵的二胡

拉醒了我。踢着拖鞋，
穿过咕哝、眼屎、十年前的
楼道，我走进厕所。

小便池的瓷砖白得
令瞳孔不适。我茫然地
任尿意缓缓通过身体，

扭头，避光，目光在哗哗声中
滴答地晃动。我就是在那时
看见他的。他在厕所里

一扇半开的窗玻璃上，
面部乏味，留着长发，手持
凄凉的性器，透过斑驳的

反光,看着我。我感到
他的模糊上有我
十年的体积感:不大

也不小,有一大半身体
被多毛的黑暗覆盖,只剩下
裸露着的惊慌,愣生生地

向我爬过来,像一只铁笼中的
夜行动物。一阵抽搐,
我匆忙逃离厕所,听见他

在身后水龙头一样冷笑。

他渴

他渴。他心脏的渴感染着
他眼睛的渴,他手心上的渴
长出了一对鹰爪,向下,
抓住他影子里的渴。渴啊,

他的影子在下午拼命地渴。
他也有不渴的影子,有的在
喝茶,有的甚至还留在去年
大嚼雪意。但它们恨他、

用阳光咒骂他。它们在他
身体的四周强行地透明,
让他低头,让他的骨头
渴得发黑,黑成一整块

板结的煤,堵死了他呼吸中
向后弯曲的炉膛。向后,
后面是无限春光,小毛虫
爬在菜花上伸展蝴蝶梦;

后面是他的番茄酱、算术题,
他逼仄的龙门和他青春的
鲤鱼。而他的渴,他的渴
只能向前,向更渴的傍晚

喷出道德和三十年的浓烟。

云是怎样疯掉的

1
小鲫鱼翻炸片刻,佐以
泡椒、芹菜,形成一小片
快乐的云。我们体内的三伏天
在专心地煨汤,偶尔
开开小差,让一阵暴雨出丑,
让闪电错误地切除掉
我们折叠在盲肠里的翅膀。
但云总是,在雨后,用鲜美
使一切恢复正常:鱼肉
代替难咽的未知堵住了我们
琐碎的嘴。好了,云
穿过了我们的滋味。云在静中。

2
云做爱的时候,蟋蟀们
聚成另一团云,带走了
我们手上的声音。但云只和
蟋蟀之外的东西亲昵,譬如

樟树,或者冰激凌蛋糕上的
一丁点去年。云和非云的事物
手挽手躺在我们家那张
破旧的木板床上,小灯一灭,
星星活蹦乱跳。我们从
云的内部令人眩晕的漏斗里
掉落,背上,有巴掌大的月光:
云偷偷地拍打过我们。

3
"我吃过从水沟里捞起来的
一片生锈的云。硌牙。"云不理会
我们童年的牙印,往喉咙里
最接近嗓音的平流层的地方
使劲地挤,使一架波音客机
迫降到心里话上。云改变了
我们对身体的认识:这些
晴朗的骨肉。晴朗得过分。像是
有大量的生活正从中撤离。
我们面对面,面对更多的
对面,用小弹弓,打落了
我们的云。它,它们,嘶叫着。

在坝上草原

——为马骅而作

雨像是长在它身上的。
从它最厚道的一块皮上
渗出了几团云。草，
有些不干不净，也被
它的深棕色浑然了一下。

区别于不远处它的同类，
它没有鞍、辔和怯生生的
旅游的大腿。它甚至没有
很体面的外形，安静地，
在一旁修养着它的矮。

雨下了很长时间，它
一直都没有动。它的头
正对着某个没有颧骨
的山丘，山丘里那些
混沌的和将要混沌的东西

安抚着它的腿，使它们

稳稳地站在草地上,站在
雨水从它身上退下来的地方。
我几乎忘了它是一匹马,
忘了在它腹中的出游。

致性格的阴暗面

1
我在飞机上看到了你。

在被机翼挡住一半的天空中,你藏在
一团潦倒的云里面。你是云的痱子、
疥疮和任何一种不方便的小东西。

你有三分钟的时间,三分钟,
用来在云端显现,呼叫我,咒骂我。

我听见飞机的轰鸣声里有你的声音。

三分钟之后是更高的天空,那里
云成了云的高原,一些云在放牧
另一些云,其他的云任它们走动。

你不会在那儿。那儿是我的地盘。

我喜欢在云的高原上发现一片云的湖泊,

在湖面上看见别的云投下不像云的倒影。

——"不像云那像什么?"
——"像我身上你痛恨的东西。"

那些舒服的东西正在被你痛骂。
你只有三分钟的时间,一分钟认出我、
一分钟扑向机窗、一分钟干掉我。

你所依附的云露出了颠簸的表情。

我突然想起我是上次飞过这里时
把你丢出飞机的:你让我看见了
你的父亲在洗手间里手淫的场景。

2
你很久没出现了,直到那天晚上,
在郊外,在一家乡间饭馆旁边。

我事先不知道你躲在烤羊肉串的香味里。
院子里的肉香好霸道!马路上
稀稀拉拉的行人和车辆都像走在火炭上。

我坐在路边的椅子上,用茶水
对付比饱还要饱的满世界的肉的形状。

你很可能已经发现我的胃在拒绝你。

老板娘的小猫在我脚下撒娇。
老板娘的老相好的小狗在我面前嚎叫。

你顺风飘了过来,飘到小猫和小狗的小爪子
之间。我没有发现你。
夜色深得像茴香,确切地说,
是安息茴香:孜然的别名。

小狗开始追逐小猫,它们的腿
嫩而快、细而多,跑得满院子都是腿
和腿上幼稚的力气。你就在力气里。

小猫最后被追到了树上。

在月光照不到的枝丫里,我终于
看见了你:你在小猫的身后,
你身上的几百条疯狂的小狗
在树皮上奔跑。小猫不知道。

川菜馆

在雪地里把疼摔完了,
他们又去吃水煮鱼。
二锅头拌呼哧呼哧的嘴边风
往肚子里送某人的生日。

还有辣子鸡,小肉块堆起来,
没盐味地呆立于满盘的
黑红黑红之上。我抗议!

这是对川菜的妖魔化。
这是辣椒的丰富的辣的灵魂的反面。
这是花椒打倒了麻。
这是狗日的胃在北方瞎晃荡。

从他们没夹住掉在地上的
一只鱼眼睛看过来,我几乎
没动筷子,筷子自己在吃。

那背井离乡的筷子甩开两条

没长汗毛的细腿,在肉里
奔跑。它累呀!烦呀!不舒服呀!
我乐得看窗外的交通憋坏了老干部。

他们也叫我喝。我反令他们
关注老板的脏儿子,三岁的声音
叱咤于一屋子的坏人中。

想钱剂

他们用大蒜、猪油、废电池和眼屎
配制出今年流行的想钱剂。
他们只给他打了一针,他就开始
从骨子里想钱,想得骨头喀嚓作响。

他们的计划是这样的:先让他开公司,
挣大把大把的钱,然后,把钱
吃进去,不停地吃,直到在他肚子下面
胀出一个钱的生殖器,顶掉他原来的。

这样,他们就可以找一大堆
女性的、阴性的、雌性的钱或者钱状生物
和他交配。生下来的钱五五分成,
一半归他,一半堆在他们村里的坟头上。

事情进展得很顺利。钱甚至不是吃进去,
而是从银行、从其他人的屁眼飞到
他肚子里去的,像大群的飞鼠在空中
迁徙。他们在他的公司里放了一个

搪瓷脚盆,一些人用红药水给他洗脚,
另一些人解开了他的皮带。不幸的是,
他裤子里的那坨钱怎么也硬不起来。
他们越搓他的脚板心,那坨钱

就越往里缩,最后,几乎快要缩成
一根鼠鞭。"问题出在配方上。"
他们之中唯一上过小学的那个发现了原因:
"眼屎被掉包了,换成了老鼠的耳屎。"

蜗牛

我听说隐身的小人身上
有一种特别的气味,可以让蜗牛
从壳里爬出来,在树叶上跳舞。

我听说扭伤了腰肢的蜗牛
会被隐身的小人从树叶上抱下来,放到
风织的小吊床上,在空中晃。

我听说隐身的小人从来不对坏人
吐口水,他一碰见坏人,就会
骑自行车离开,把蜗牛忘在天上。

有一天晚上,我在散步的时候
拣到了无数个蜗牛壳,接着,在树林里
看见无数个光溜溜的蜗牛在半空睡觉。

我猜到有很多隐身小人
来过这里,他们一定也碰上了
最坏的坏人,那坏人的口哨一定像在嘘尿。

我把蜗牛塞回它们的壳里。而它们
已经不需要壳,它们已经认得连接到吊床上的
风的绳索。它们吃掉了壳,继续爬上去摇晃。

我还从来没有见过隐身的小人,也从没有
看见星空下无人蹬踏的自行车从头顶
一闪而过。我四处张望。

慢慢地,我感到自己的背上似乎
轻了许多。我只跳了一下,就跳到了
最大的一张风织的吊床上。

那天晚上,我无师自通,学会了
在小径般交错的月光上骑自行车,学会了
在天亮时把自行车稳稳地停在家门口的水泥地上。

祖先
——为月半节祭祖而作

我的祖先曾经变成一只蜻蜓
飞到我的蚊帐里,看我背书。
我咿咿哇哇,它的翅膀噼噼啪啪。
我得到母亲的忠告,没有把它
捉住,扯成碎片去喂门口的
蚂蚁宝宝。祖先在我一觉睡醒之后
神奇地离开了密封的蚊帐,留给我一对
考场上的蜻蜓眼睛和抄袭的好运。

我见过我的幺爸不顾奶奶的提醒,
用火钳夹死了一根在堂屋里
善意盘桓的菜花蛇,数小时之后,
我的堂妹就被滚热的开水
烫伤了后背。堂妹尖叫着,
惊恐的嘴里吐出绝望的蛇芯子。
如今,她已经出落得丰满俏丽,
但背上,仍留着祖先蜕下的蛇皮。

今天,气温高达41度,我光着屁股,

在宿舍收拾行李。从一本满是灰尘的
旧书里，突然跳出了一只蚂蚱：
尖头，赭石色，典型的南方山地品种。
我实在是无法想象一把四川盆地的骨灰
如何在北京组合成这怀旧的活物。
我打开窗，祖先轻轻一跃，在空中
消失，似在教我避闪汗水中的小生计。

附件炎

她的鼠标奔跑着鼠疫,
她的窗口弹开着创口,
她的狠心瘙痒着她的电邮,
使她发的附件都害上了附件炎。

附件炎!那尖锐的痛
是他仓促的器官在春游,
是她的桃花染红了他的谎言,
是他们的造化毁于山色有无间!

记忆的网络在不停地黑,
黑掉了她的娇小和她的鲜。
她白眼微翻,继续在键盘上
打落她满满一脸的怨:

"结婚……再见……去死吧!"
她的嘴角抽起一道闪电,
她的额头皱出一团浓烟:
是什么在驱动仇恨的内存,难道

仅仅是双腿之间冰凉的电源?
"不,是整个世界的不要脸!"
她猛然镇定,一个回车
转移了又一段闷热的阴天。

桃峪口水库

山色黔然。头两个月
烂透了水影的雏菊全都
被冷干掉了。苍耳,老婆针,还有
另外一种状如阴户的带刺果壳
倒是枯得更有火气,像
鲁迅。这其中我一向偏爱
苍耳:硬刺、倒钩、狠。
上次我用它袭击了
一群观光诗人,用头皮上的痛
请他们格物致知。柿子、
苹果、山里红甚至艰险的酸枣
都已躲在村民的腹中
过冬:四周围连一株脱得精光
的桃树都没有,但此地
仍叫桃峪口。我们在岸边
打水漂,寒风袖着手
蹲在水边抽呼呼的旱烟。
只有窄窄的一湾水还没有
冻上,我们扔出的石块哪吒

从水面溅上冰面,发出
很勇敢的回音,而后停在某处
郁闷着。最郁闷的是冰面上
来历不明的野鸭,一大群,
像地狱的偷渡客,乌黑地
缩在一起。它们被石块
惊起,撅着屁股飞,勤奋的翅膀
扇动满天的"笨"字:这时恰好
从铁路桥以西的云端
悠出一队鸿雁,令野鸭们
越发慌乱,亦令我们唏嘘:
此地多少有些"人"字形的
仙气,足以为大批从城里
赶来沽地建房的诗人滋补诗艺。

月坛北街观雪

雪下得不算大,但足以覆盖
我们精益求精的抬杠。你脸上的
公务员阴云迅速消退,浮现出
小学时代的纯朴乡村。我也一样,
像好斗的鸡公突然被扔到一个
遍地食欲的打谷场。满满一嗉囊的
幸福时光!我们手拉手
      出门去看雪。
附近的小公园此时看上去
还算清秀,白生生地
空着。平时这里散布着
神情怪异的男人,他们交换着
切口和爱,交换着使小树林
阴森起来的肉体。我们曾在一个下雨天
闯进过这里,他们之中最亲热的两个
仇恨地看着我们:我们是他们的
仇恨。
  但现在是下雪天,
同情的雪遮蔽了他们的器官

只剩下寂静的冷,和我们寂静的
再次闯入。你猫着腰
在干枯的迎春藤之间穿行,你的头发
碰掉的冬青浆果落在雪里
就像我落在你不经意的言辞里。
我追赶着你。追到的
却是墙根下
　　　　　一只肥胖的灰喜鹊。
你第一次清晰地看到
灰喜鹊的脚印:那么大,
像黑板上忘光了的一堆
数学运算符号。也有小一点的,
像我们在中学课堂上传纸条时
写的暗号:那是麻雀的脚印。
你骄傲地用植物的语言
宣布你的新发现:不同于
灰喜鹊的互生脚印,麻雀的脚印
是对生的。
　　　　　"那是因为它们用双脚
一齐蹦。"说完你也开始蹦,
从我们早恋的树枝上,蹦回
我们的中年门槛。这门槛
现在是小公园里的一张

积满落雪的椅子。我们一同
坐了上去,而后站起来,像
海豚一样地扭身。

    "哈哈,
你的屁股印没有我坐的圆!"
你笑着。我看见你的眼睛里
有一口井,而我的眼睛正在
这口井的井底,悠着,井口上是
飘飞的雪花

    没有封冻。

水边书

这股水的源头不得而知,如同
它沁入我脾脏之后的去向。
那几只山间尤物的飞行路线
篡改了美的等高线:我深知
这种长有蝴蝶翅膀的蜻蜓
会怎样曼妙地撩拨空气的喉结
令峡谷喊出紧张的冷,即使
水已经被记忆的水泵
从岩缝抽到逼仄的泪腺;
我深知在水中养伤的一只波光之雁
会怎样惊起,留下一大片
粼粼的痛。
   所以我
干脆一头扎进水中,笨拙地
游着全部的凛冽。先是
像水虱一样在卵石间黑暗着、
卑微着,接着有鱼把气泡
吐到你寄存在我肌肤中的
一个晨光明媚的呵欠里:我开始

有了一个远方的鳔。这样
你一伤心它就会收缩,使我
不得不翻起羞涩的白肚。
　　　　　　　但
更多的时候它只会像一朵睡莲
在我的肋骨之间随波摆动,或者
像一盏燃在水中的孔明灯
指引我冉冉地轻。当我轻得
足以浮出水面的时候,
我发现那些蜻蜓已变成了
状如睡眠的几片云,而我
则是它们躺在水面上发出的
冰凉的鼾声:几乎听不见。
　　　　　　　你呢?
你挂在我睫毛上了吗?你的"不"字
还能委身于一串鸟鸣洒到这
满山的傍晚吗?风从水上
吹出了一只夕阳,它像红狐一样
闪到了树林中。此时我才看见:
上游的瀑布流得皎洁明亮,
像你从我体内夺目而出
　　　　　　　　的模样。

保罗和弗兰切斯卡

他们手心有汗,汗中有
还未凝结成盐粒的鬼。
他们拉手的动作由鬼来完成。
三两朵羞涩磷火飘过
他们正午的心肝儿,被他
一把抓住,丢进她
左眼皮底下乌溜溜的痛。
她痛,因为右眼珠里的沙子、
板砖和自行车链条
全是她的二流子老公!

我拿一个中午的加班费
押在下面的场景上:四月的残忍
在公司门口的路面上兀自形成
小小一股旋风,像小人物的
灵魂出窍。榆钱在风中、
在他们脚后跟的痴情之间
团团转。她从沙沙声中
听出了痒,被什么东西

统治着的痒。而他的脸上
则掠过塑料袋大小
的慌张，白生生地
落到我的窥视里。

校园故事

过了两个多星期,这件事仍像一件修辞学的拉力器
成为瘦骨嶙峋的宿舍里唯一的锻炼器材。
与愈发强健的舌头成反比,那根
经受了无数次转述的弹簧开始慢慢松懈

失去了当事人的心中谜一般的紧张度:
他是数学系的学生(这倒霉的学科!)
像一个尴尬的小数点,夹在他渴慕的女子
和他身后无限不循环的男友们之间。哦,

那些噩梦般的杨辉三角!那些屈辱
像无法解出的矩阵推翻了满是公理的头脑!
"他居然带着刀冲上了女生楼,在跳楼之前
他居然残酷地划破了她的脸!"电话亭里

惊恐的女生版本一律配有性别立场的
杀毒软件,而男生之中新近流传的说法
则明显把话题引向了政治讽喻。"事发当天
美联社就做了报道。美国情报机关的

全球定位系统拍摄到:在某宿舍楼
一个人形物体正在四楼向下坠落"。在这片
不断汇集的唾液中,人道主义的余温和户外的气温
恰好相等:这有助于将他的尸体长期保存。

为一个河南民工而作的忏悔书

那个河南民工是在一个无所事事的下午
闯入了我在稿纸上悠闲的漫步:如何才能
在一段荆棘丛生的英文里踩出一条
舒适的汉语小路,这几乎快让我花去了
半包"白沙"烟的工夫。"请问胡续冬大哥
在吗?"就要被牛津词典里的鹅毛大雪
覆盖的耳朵,突然听到了这个奇怪的称呼:
不同于人们通常使用的"小胡",大哥一词
是否意味着一场不明原委的斗殴之前
矫饰的礼数?"你有什么事?"在
警觉的发问中一个比我还要瘦小的男人
走近了我的书橱:嗫嚅的嘴唇,
沾满泥灰的头发快要遮住他因激动
而暂停转动的眼珠。"我从临汝来,
想找他谈一谈诗歌。"哦,临汝,
每次火车经过时扬起的一片茫茫黄土。
该怎么办?这将会是另一种
具有误会性质的斗殴:一个江湖义士
将把一条用于在书籍中行走的腿

死死绊住,并坚信这就是两个灵魂
以诗歌的名义进行的会晤。
"他出去了,你过一会儿再来找吧。"
像一个难民,我开始盘算起这个下午
可能的藏身之处:女友的宿舍,或者
楼下用来上自习的那间涂满黄色谜语的
漆黑小屋。"不行啊,我来这儿
走了老远的路,六点钟还要赶回去
上工:我在木樨地的工地上搞建筑。"
他站在那里,喉咙里像是有一根被寒潮
骤然冻结的水龙头,用残余的水滴声
向我倾诉,抱怨找胡续冬这个人
比他这些年的写作环境还要艰苦:
他已经来过两次,自从另一个工地上
的诗歌兄弟给了他一幅迷宫一样的
地形图。"就是这封信上写的"
他从口袋里掏出一张皱得像手纸一样的
鬼画符,"你可以去找北大的胡续冬,他和我
谈得很对路"。底下署名为:番薯。
我的确见过番薯,在沿街叫卖的
炭炉上,而且的确吃得很对路。
"这样吧,你去找他的这些诗友,他们
可能对你会有更多的帮助。"我飞快地

写下一串杜撰的人名和房间号,仿佛
博尔赫斯在我身上依附。在这之后的
许多天里,他捏着一卷诗稿的矮小身影
一直在我脑中漂浮:冬天的校园寒风刺骨
他走在复杂的楼群之间像走进一片
从我的书桌漫延开去的绝望的迷雾——
一个河南民工的身影像 pH 试纸一样
显现出我酸性的狡诈和冷酷,使我
在写下这一切之后仍然感到
对朴实的人民犯下了不可饶恕的错误。

不算后记的后记

这本诗集本来应该在 2019 年就面世，因为种种原因延宕至今。四年之间，世界巨变。而对这本诗集来说，最大的变化，莫过于它的作者兼选编者去了另外一个世界。人也好，书也好，命运有怎样的安排，事先都无法窥见。

实际上，这本诗集究竟应不应该像现在这样出版，因为已经无法与作者相商，我也没有答案。到底算是实现一个未了的愿望，还是算违背了作者的意愿？创作者的身后事的处理往往难以完全依从本人心愿，虽然我自认可能是世界上最了解他的人，但是他自己的心愿我却再也无法获知。

我不是专业的诗歌读者，对诗歌毫无发言权。我只是大概旁观了一下这本诗集之中一部分诗的创作缘由——只能是缘由而不是过程，因为胡子一直坚定认为写作如同自亵，不能在他人面前进行。另外一部分诗，是他之于我的史前史，是他跟我描述过的他的过去，我没有与他一起亲历，但我能感受到那个我们共同荡击其中的时代。

　　本来沉睡在硬盘里与无数比特遗产做伴的这本诗集，最终还是被我从数据海中捞了出来，如果胡子有什么不同意见，也只能等我们再相聚的那一天跟我理论了。从权的种种安排，自然也要由我来负责，与他自己无关，尽管我很希望他能大喊一声："不要啊，让我自己来！"

　　胡子自己极少在诗集里写序或者后记，这是他的骄傲难得显现的时刻：写出来的东西就此呈现，不加解释。我也就不再赘述，唯有感激有缘与这本诗集相遇的各位读者。

阿子（胡续冬遗孀）
2023/07/18

图书在版编目(CIP)数据

一个拣鲨鱼牙齿的男人:胡续冬诗选 / 胡续冬著. -- 北京:北京联合出版公司,2023.9(2024.12重印)
ISBN 978-7-5596-7173-8

Ⅰ.①—… Ⅱ.①胡… Ⅲ.①诗集-中国-当代 Ⅳ.①I227

中国国家版本馆CIP数据核字(2023)第150852号

一个拣鲨鱼牙齿的男人:胡续冬诗选

作　　者：胡续冬
策划机构：雅众文化
策　划　人：方雨辰
出　品　人：赵红仕
特约编辑：廖　珂
责任编辑：龚　将
装帧设计：PAY2PLAY

北京联合出版公司出版
(北京市西城区德外大街83号楼9层　100088)
北京联合天畅文化传播公司发行
山东临沂新华印刷物流集团有限责任公司印刷　新华书店经销
字数50千字　1092毫米×787毫米　1/32　8印张
2023年9月第1版　2024年12月第3次印刷
ISBN 978-7-5596-7173-8
定价:62.00元

版权所有,侵权必究
未经书面许可,不得以任何方式转载、复制、翻印本书部分或全部内容。
本书若有质量问题,请与本公司图书销售中心联系调换。
电话:(010)64258472-800